Über dieses Buch

Die ›Sonette‹ von William Shakespeare (1564–1616) sind Kostbarkeiten, die gleichermaßen durch ihre kunstvolle Sprache wie durch ihre rätselhaften Inhalte faszinieren. In 154 Gedichten werden Schönheit und Vergänglichkeit, Liebesglück und Liebesleid besungen, Zeit und Natur und Kunst. Geheimnisvoll bleiben die drei Hauptgestalten: der Erzähler, der junge Freund und die »dunkle Dame«, und fast vierhundertjährige Forschung vermochte nicht über Mutmaßungen hinauszukommen. 1609 im Druck erschienen, wird den ›Sonetten‹ Shakespeares in der vorliegenden Ausgabe erstmals die berühmte Übertragung von Stefan George zur Seite gestellt. 300 Jahre liegen zwischen Original und »Umdichtung«, wie George seine Version nannte aus Verehrung für einen der »größten Irdischen«.

Literatur · Philosophie · Wissenschaft

William Shakespeare

Die Sonette

englisch und deutsch

Umdichtung von Stefan George

Zum 15.1.90
von Paps u. Mama

Deutscher Taschenbuch Verlag

Vollständige Ausgabe.
Der deutsche Text ist der von Robert Boehringer besorgten Ausgabe der Werke Stefan Georges, 3. Auflage 1976, entnommen.

Originalausgabe
April 1989
Deutscher Taschenbuch Verlag GmbH & Co. KG, München
Der Abdruck der deutschen Übersetzung von Stefan George erfolgt mit freundlicher Genehmigung der Verlagsgemeinschaft
Ernst Klett – J. G. Cotta'sche Buchhandlung Nachfolger GmbH, Stuttgart
Umschlaggestaltung: Celestino Piatti unter Verwendung des Gemäldes ›Amor als Sieger‹ von Caravaggio
Gesamtherstellung: C. H. Beck'sche Buchdruckerei, Nördlingen
Printed in Germany · ISBN 3-423-02209-4

William Shakespeare

The Sonnets

Stefan George

Shakespeare Sonnette

Umdichtung

Einleitung

Von den gründen weshalb Shakespeares Sonnette bei uns noch wenig gewürdigt wurden · ist abgesehn von der anforderung sehr hohen verse-verständnisses der wichtigste innere: dass unsre gewohnheit alle dichtung durchaus ›romantisch‹ sieht · diese vierzehnzeiler aber · obwol oberste dichtung · durchaus ›unromantisch‹ sind. Der äussere betrifft den gegenstand. Hier wurde jahrhundertlang von herausgebern und auslegern unfruchtbar gestritten · was spiel und was gefühl sei · wer der blonde jüngling und wer die schwarze dame der lezten abteilung: hier haben sie geraten · gerenkt und geirrt bis zum völligen verhören des seelen-tones. Nicht nur in der fortpflanzungsreihe (I–XVII) wo freilich der geist mehr verborgen liegt – nein durchgängig entdeckten die mehr stumpfen gehirne in auftrag gearbeitete stilübungen · die mehr niedrigen ihren ganzen eignen ekel: kaum eines aber erkannte den gehalt: die anbetung vor der schönheit und den glühenden verewigungsdrang. Unsrer tage haben sich menschen und dichter unverhohlen ausgesprochen: im mittelpunkte der sonnettenfolge steht in allen lagen und stufen die leidenschaftliche hingabe des dichters an seinen freund. Dies hat man hinzunehmen auch wo man nicht versteht und es ist gleich töricht mit tadeln wie mit rettungen zu beflecken was einer der grössten Irdischen für gut befand. Zumal verstofflichte und verhirnlichte zeitalter haben kein recht an diesem punkt worte zu machen da sie nicht einmal etwas ahnen können von der weltschaffenden kraft der übergeschlechtlichen Liebe.

TO . THE . ONLIE . BEGETTER . OF.
THESE . INSVING . SONNETS.
M . W . H . ALL . HAPPINESSE.
AND . THAT . ETERNITIE.
PROMISED.
BY.
OVR . EVERLIVING . POET.
WISHETH.
THE . WELL-WISHING.
ADVENTVRER . IN.
SETTING.
FORTH.
T . T.

WIDMUNGSZEILEN DES ERSTEN HERAUSGEBERS
THOMAS THORPE
QUARTO MDCIX

DEM · EINZIGEN · ERZEUGER · DIESER
NACHFOLGENDEN · SONNETTE
HERRN · W · H · ALLES · GLÜCK
UND · DIESE · EWIGKEIT
GELOBT
VON
UNSREM · IMMERLEBENDEN · DICHTER
WÜNSCHT
DER · WOHLWÜNSCHENDE
HERAUSGEBER · INDEM · ER
SICH · VORWAGT
T · T

I

From fairest creatures we desire increase,
That thereby beauty's rose might never die,
But as the riper should by time decease,
His tender heir might bear his memory;

But thou, contracted to thine own bright eyes,
Feed'st thy light's flame with self-substantial fuel,
Making a famine where abundance lies,
Thyself thy foe, to thy sweet self too cruel.

Thou that art now the world's fresh ornament
And only herald to the gaudy spring,
Within thine own bud buriest thy content,
And, tender churl, mak'st waste in niggarding

Pity the world, or else this glutton be,
To eat the world's due, by the grave and thee.

I

Von schönsten wesen wünscht man einen spross
Dass dadurch nie der schönheit rose sterbe:
Und wenn die reifere mit der zeit verschoss
Ihr angedenken trag ein zarter erbe.

Doch der sein eignes helles auge freit
Du nährst dein licht mit eignen wesens loh ·
Machst aus dem überfluss die teure-zeit ·
Dir feind und für dein süsses selbst zu roh.

Du für die welt jezt eine frische zier
Und erst der herold vor des frühlings reiz:
In eigner knospe gräbst ein grab du dir
Und · zarter neider · schleuderst weg im geiz.

Gönn dich der welt! Nicht wie ein schlemmer tu:
Esst nicht der welt behör · das grab und du!

2

When forty winters shall besiege thy brow,
And dig deep trenches in thy beauty's field,
Thy youth's proud livery, so gaz'd on now,
Will be a tatter'd weed, of small worth held.

Then being ask'd where all thy beauty lies,
Where all the treasure of thy lusty days,
To say, within thine own deep-sunken eyes,
Were an all-eating shame, and thriftless praise.

How much more praise deserv'd thy beauty's use,
If thou couldst answer ›This fair child of mine
Shall sum my count, and make my old excuse‹,
Proving his beauty by succession thine!

This were to be new made when thou art old,
And see thy blood warm when thou feel'st it cold.

2

Belagern vierzig winter deine braun ·
Ziehn gräben tief in deiner schönheit flur:
Ist deiner jugend putz · heut ein gestaun ·
Dann eine wertlos rissige hülle nur.

Fragt wer nach deiner schönheiten geschick
Und allen schätzen deiner rüstigen zeit:
Dann zeigen eignen eingesunknen blick
Wär scham die frisst und lob das missgedeiht.

Mehr lob erwürbe deiner schönheit huld ·
Könntst du erwidern: ›dies mein schönes Kind
Zahlt meine rechnung · löst des alters schuld‹ ·
Da seine reize dein durch erbrecht sind.

Dies wär ein neues wirken wenn du alt ·
Du sähest warm dein blut · fühlt es sich kalt.

3

Look in thy glass and tell the face thou viewest
Now is the time that face should form another;
Whose fresh repair if now thou not renewest,
Thou dost beguile the world, unbless some mother.

For where is she so fair whose unear'd womb
Disdains the tillage of thy husbandry?
Or who is he so fond will be the tomb
Of his self-love, to stop posterity?

Thou art thy mother's glass, and she in thee
Calls back the lovely April of her prime;
So thou through windows of thine age shalt see,
Despite of wrinkles, this thy golden time.

But if thou live remember'd not to be,
Die single, and thine image dies with thee.

3

Dein antlitz dem im spiegel du begegnest
Verlangt dass du ein neues bald gestaltest ·
Die welt nicht täuschst und eine mutter segnest.
Nun ist es zeit dass du ersatz erhaltest.

Wo ist die schöne deren bracher schooss
Vor deines anbaus furchenzug erschrickt?
Wes törige eigenliebe ist so gross
Dass er – ein grab – die nachkommen erstickt?

Du bist der mutter spiegel und er stellt
Ihr lieblichen april der jugend dar.
So wird durch alters fenster einst erhellt
Dir trotz der runzeln dies dein golden jahr.

Doch lebst du zum vergessenwerden hier:
Stirb einzeln und dein bild erstirbt mit dir.

4

Unthrifty loveliness, why dost thou spend
Upon thyself thy beauty's legacy?
Nature's bequest gives nothing, but doth lend,
And being frank, she lends to those are free.

Then, beauteous niggard, why dost thou abuse
The bounteous largess given thee to give?
Profitless usurer, why dost thou use
So great a sum of sums, yet canst not live?

For having traffic with thyself alone,
Thou of thyself thy sweet self dost deceive.
Then how when nature calls thee to be gone,
What acceptable audit canst thou leave?

Thy unus'd beauty must be tomb'd with thee,
Which, used, lives th' executor to be.

4

Was zehrst · verschwenderische lieblichkeit ·
Du für dich selber deiner schönheit pfand?
Natur macht nicht geschenke sondern leiht
Und sie die frank ist leiht der freien hand.

Weshalb du · schöner geizhals · nur missbrauchst
Die fülle · dir gegeben dass du gebest!
Weshalb du · ungelohnter wuchrer · brauchst
So grosser summen summe · doch nicht lebest!

Da du verkehr hast mit dir selber nur
Und selbst dich um dein süsses selbst betrügst ·
Was stellt · ruft dich von hinnen die natur ·
Als rechnungsschluss sich dar dem du genügst?

Die schönheit · ungenüzt · geht mit zu grab ·
Genüzt wird sie vollstrecker deiner hab.

5

Those hours that with gentle work did frame
The lovely gaze where every eye doth dwell,
Will play the tyrants to the very same,
And that unfair which fairly doth excel.

For never-resting time leads summer on
To hideous winter and confounds him there,
Sap check'd with frost and lusty leaves quite gone,
Beauty o'ersnow'd and bareness every where.

Then, were not summer's distillation left
A liquid prisoner pent in walls of glass,
Beauty's effect with beauty were bereft,
Nor it nor no remembrance what it was.

But flowers distill'd, though they with winter meet,
Leese but their show, their substance still lives sweet.

5

Die stunden die mit holdem werk umziehn
Liebliche schau drauf jedes auge ruht
Entzieren was am zierlichsten gediehn
Und treffen ganz das gleiche ding mit wut.

Den sommer treibt die zeit die nimmer steht
Greulichem winter zu und tilgt ihn dort:
Saft dürr im frost und üppig laub verweht!
Schönheit vereist! Kahlheit an jedem ort!

Doch bliebe flüssig nicht in glases haft
Als geist zurück des sommers filterung ·
So wär mit schönheit auch der schönheit kraft
Geraubt – es schwände selbst erinnerung.

Doch geist der blumen · ob auch winter grüsse ·
Entbehrt nur form · es lebt die innre süsse.

6

Then let not winter's ragged hand deface
In thee thy summer, ere thou be distill'd.
Make sweet some vial; treasure thou some place
With beauty's treasure, ere it be self-kill'd.

That use is not forbidden usury,
Which happies those that pay the willing loan;
That's for thyself to breed another thee,
Or ten times happier, be it ten for one;

Ten times thyself were happier than thou art,
If ten of thine ten times refigur'd thee;
Then what could death do, if thou shouldst depart,
Leaving thee living in posterity?

Be not self-will'd, for thou art much too fair
To be death's conquest and make worms thine heir.

6

Sei nicht durch winters knorrige hand verdorrt
Dein lenz eh deinen duft ein filter fasst!
Mach eine phiole süss! schmück einen ort
Mit schmuck der schönheit eh sie in sich blasst!

Der nutz ist nicht verpönt als wucherlich
Der den beglückt der zahlt für williges lehn.
Erzeuge für dich selbst ein andres ich –
Und zehnmal mehr glück – sinds statt einem zehn!

Du wärst zehnmal beglückter als du bist
Wenn zehn von dir dich zehnmal dargestellt.
Was nimmt der tod wenn deine zeit um ist
Da er dich lebend lässt für spätre welt?

Sei nicht selbstwillig: du bist viel zu hold
Für todesbeute und der würmer sold.

7

Lo, in the orient when the gracious light
Lifts up his burning head, each under eye
Doth homage to his new-appearing sight,
Serving with looks his sacred majesty;

And having climb'd the steep-up heavenly hill,
Resembling strong youth in his middle age,
Yet mortal looks adore his beauty still,
Attending on his golden pilgrimage;

But when from highmost pitch, with weary car,
Like feeble age he reeleth from the day,
The eyes, 'fore duteous, now converted are
From his low tract, and look another way.

So thou, thyself out-going in thy noon,
Unlook'd on diest, unless thou get a son.

7

Schau in den osten wie das gnädige licht
Sein brennend haupt erhebt: jed auge späht
In ehrfurcht zu der neu erschienenen sicht ·
Dient mit dem blick der heiligen majestät.

Und wenn es himmels steilen berg erklomm ·
Der jugend gleich in ihrer mittelkraft ·
So sehn die menschen seine schönheit fromm
Und warten seiner goldnen pilgerschaft.

Doch rollt von höchster höh mit müdem rad
Wie schwaches alter es vom tage fort ·
Wenden wir uns von seinem niedren pfad ·
Wir · vorher dienstbar · schaun zu andrem ort.

So stirbst du · wenn dein mittag dir entflohn ·
Unangesehen – zeugst du keinen sohn.

8

Music to hear, why hear'st thou music sadly?
Sweets with sweets war not, joy delights in joy.
Why lov'st thou that which thou receiv'st not gladly,
Or else receiv'st with pleasure thine annoy?

If the true concord of well-tuned sounds,
By unions married, do offend thine ear,
They do but sweetly chide thee, who confounds
In singleness the parts that thou shouldst bear.

Mark how one string, sweet husband to another,
Strikes each in turn by mutual ordering;
Resembling sire, and child, and happy mother,
Who, all in one, one pleasing note do sing:

Whose speechless song, being many, seeming one,
Sings this to thee, ›Thou single wilt prove none‹.

8

Musik dem ohr · was hörst du musik traurig?
Süss kämpft mit süss nicht · lust ist froh mit lust.
Warum du liebst was du empfängst als schaurig
Und gern empfängst woran du leiden musst!

Schlägt wolgestimmter töne treue einheit ·
Verknüpft zum bunde · quälend an dein ohr:
Sie schelten sanft dich der du in alleinheit
Sie störst weil deine stimme fehlt im chor.

Merk wie sich eine saite süss verbinde
Der andren · auf sie treff im wechselgang ·
Beglückten eltern gleichend mit dem kinde ·
Versammelt all zu Einem holden klang.

Wortloser sang · aus vielen · scheint nur einer.
Er singt dir zu: ›einzeln wirkst du als keiner.‹

9

Is it for fear to wet a widow's eye
That thou consums't thyself in single life?
Ah! if thou issueless shalt hap to die,
The world will wail thee like a makeless wife;

The world will be thy widow and still weep,
That thou no form of thee hast left behind,
When every private widow well may keep,
By children's eyes, her husband's shape in mind

Look what an unthrift in the world doth spend
Shifts but his place, for still the world enjoys it;
But beauty's waste hath in the world an end,
And kept unus'd, the user so destroys it.

No love toward others in that bosom sits
That on himself such murd'rous shame commits.

9

Ist es die angst um einer witwe not
Wenn einzeln du verzehrest deinen leib?
Ach dich wird · wenn du ohne nachwuchs tot ·
Die welt beweinen wie ein ehlos weib.

Die welt ist deine witwe und sie weint
Dass nach dir keine form mehr auf dich weist ·
Wenn jeder einzlen witwe auch erscheint
Durch kinder-aug des gatten form im geist.

Sieh welche summ ein taugnichts auch verschwende –
Sie tauscht den platz nur: stets der welt gehört sie.
Doch hat der schönheit nutzung hier ein ende:
Der braucher der sie falsch gebraucht zerstört sie.

Des brust nicht liebe für die andren nährt
Der mit sich selbst so mörderisch verfährt.

10

For shame deny that thou bear'st love to any,
Who for thy self art so unprovident.
Grant, if thou wilt, thou art belov'd of many,
But that thou none lov'st is most evident;

For thou art so possess'd with murd'rous hate,
That 'gainst thyself thou stick'st not to conspire,
Seeking that beauteous roof to ruinate
Which to repair should be thy chief desire.

O change thy thought, that I may change my mind.
Shall hate be fairer lodg'd than gentle love?
Be as thy presence is, gracious and kind,
Or to thyself at least kind-hearted prove.

Make thee another self, for love of me,
That beauty still may live in thine or thee.

10

Der schande! Leugn es: liebe gibst du keinem ·
Du für dich selber aller sorge bar.
Gesteh dass du geliebt bist von manch einem.
Doch dass du niemand lieb hast ist ganz klar.

Du bist dir selbst so mörderlich verhasst
Dass du dich selbst anstiftest ohne graun:
Zerstören willst den herrlichen palast ·
Wo deine pflicht es wär an ihm zu baun.

Tausch deinen sinn · so tausch ich meinen mut.
Soll schöner wohnen hass als edle lieb?
Sei so wie deine nähe · hold und gut ·
Und gütig mindestens dir selber gieb!

Mach dir ein andres selbst aus lieb zu mir
Dass schönheit lebt im Deinen oder dir.

11

As fast as thou shalt wane, so fast thou grow'st
In one of thine, from that which thou departest;
And that fresh blood which youngly thou bestow'st
Thou mayst call thine when thou from youth convertest.

Herein lives wisdom, beauty, and increase;
Without this, folly, age and cold decay.
If all were minded so, the times should cease
And threescore year would make the world away.

Let those whom Nature hath not made for store,
Harsh, featureless and rude, barrenly perish.
Look, whom she best endow'd she gave the more;
Which bounteous gift thou shouldst in bounty cherish.

She carv'd thee for her seal, and meant thereby
Thou shouldst print more, not let that copy die.

II

So schnell als du verwelkst so schnell gedeihst
Im Deinen du durch das was du entsendest.
Das frische blut dann was du jung verleihst
Heisst dein wenn du dich von der jugend wendest.

Darin liegt wissen schönheit fruchtbarkeit
Daraussen torheit alter kaltes ende . .
Wenn all so dächten wäre schluss der zeit ·
Nur ein schock jahre bis die welt verende.

Wen nicht natur bestellt zur schaffnerei ·
Hart · formlos · roh – dass der unfruchtbar sterbe!
Sieh! wem sie viel gab schenkt sie noch dabei ·
Bewahre gütig du ihr gütiges erbe.

Sie dich als siegel schneidend sprach damit:
›Brauch es zum druck · zerstöre nicht den schnitt!‹

12

When I do count the clock that tells the time,
And see the brave day sunk in hideous night;
When I behold the violet past prime,
And sable curls all silver'd o'er with white;

When lofty trees I see barren of leaves,
Which erst from heat did canopy the herd,
And summer's green all girded up in sheaves
Borne on the bier with white and bristly beard;

Then of thy beauty do I question make
That thou among the wastes of time must go,
Since sweets and beauties do themselves forsake,
And die as fast as they see others grow;

And nothing 'gainst Time's scythe can make defence
Save breed, to brave him when he takes thee hence.

12

Zähl ich im glockenschlag den schritt der zeit ·
Seh ich in grausige nacht den heitren tag
Versenkt · und veilchen wenn der frühling weit ·
Und silbrig weiss wo dunkle locke lag . .

Seh ich den stolzen baum des blätter starben ·
Der herden jüngst vor sonnenglut bewahrt ·
Des sommers ganzes grün gehäuft in garben
Hinausgeführt in weissem struppigem bart:

Dann denk ich wie's mit deiner schönheit ist ·
Dass sie im trümmerwerk der zeit vergeht ·
Da süss- und schönes selber sich vergisst
Und stirbt so schnell als andres vor ihm steht.

Vor Zeit mit ihrer sense ist kein schutz
Als same – ihr wenn sie dich holt zum trutz.

13

O that you were yourself, but, love, you are
No longer yours than you yourself here live:
Against this coming end you should prepare,
And your sweet semblance to some other give.

So should that beauty which you hold in lease
Find no determination; then you were
Yourself again, after yourself's decease,
When your sweet issue your sweet form should bear.

Who lets so fair a house fall to decay,
Which husbandry in honour might uphold
Against the stormy gusts of winter's day
And barren rage of death's eternal cold?

O, none but unthrifts; dear my love, you know,
You had a father; let your son say so.

13

O wärest du dir selbst! Doch Lieb du bist
So lange nur dir selber als hier lebend.
Du musst dich rüsten zum verlauf der frist ·
Dein süsses äussre einem andren gebend.

So würde schönheit die du hältst als lehn
Niemals verfallen und du wärst nicht minder
Du selbst nach deinem tode wenn erstehn
In deinen süssen formen süsse kinder.

So schönes haus – wer lässt es dem verfall ·
Wo ordnung gäbe ehrenvollen halt
Wider der wintertage stürmischen prall
Und dürre wut und todes ewiges kalt?

O nur verschwender . . . Teurer · weisst du nicht:
Dir war ein vater? Dass dein sohn so spricht!

14

Not from the stars do I my judgment pluck,
And yet methinks I have astronomy;
But not to tell of good or evil luck,
Of plagues, of dearths, or season's quality;

Nor can I fortune to brief minutes tell,
Pointing to each his thunder, rain and wind,
Or say with princes if it shall go well,
By oft predict that I in heaven find:

But from thine eyes my knowledge I derive,
And, constant stars, in them I read such art,
As truth and beauty shall together thrive,
If from thyself to store thou wouldst convert.

Or else of thee this I prognosticate:
Thy end is truth's and beauty's doom and date.

14

Nicht von den sternen nahm ich wissenschaft ·
Besitz ich auch – so scheint mir – deutekunst.
Nur red ich nicht von glücks und unheils kraft
Von pest von teurung oder jahres gunst ·

Noch kann ich wahrsagen für kurze frist
Ob donner droht ob regen oder winde ·
Noch fürsten künden wie die zukunft ist
Durch häufigen spruch den ich im himmel finde.

Von deinen augen kommt mir wissenheit.
Dort · ständige sterne · les ich solchen satz:
Dass treu und schönheit im verein gedeiht ·
Besinnst du dich und mehrst den vorratschatz.

Tu dies da ich sonst profezeien muss:
Dein tod ist treu und schönheits fall und schluss.

15

When I consider every thing that grows
Holds in perfection but a little moment,
That this huge stage presenteth nought but shows
Whereon the stars in secret influence comment;

When I perceive that men as plants increase,
Cheered and check'd even by the self-same sky,
Vaunt in their youthful sap, at height decrease,
And wear their brave state out of memory;

Then the conceit of this inconstant stay
Sets you most rich in youth before my sight,
Where wasteful Time debateth with Decay
To change your day of youth to sullied night;

And all in war with Time for love of you,
As he takes from you, I engraft you new.

15

Denk ich wie alle dinge die dastehn
Vollkommen dies nur eine kurze stund tun
Und dieser riesige schauplatz nur lässt sehn
Was sterne im geheimen einfluss kundtun ·

Merk ich dass wie ein baum der mensch ansteigt ·
Erquickt · erstickt von ganz derselben luft ·
In jugendsaft sich rühmt · sich abwärts neigt ·
Sein rüstig dasein hinbringt für die gruft:

In bildern solcher unbeständigkeit
Schwebst du dann vor mir ganz in jugendpracht
Und der Verfall hält rat mit wüster zeit ·
Zieht deinen jugendtag in garstige nacht.

Ich · mit der Zeit im kampfe dir zu lieb ·
Geb dir wenn sie dir wegnimmt neuen trieb.

16

But wherefore do not you a mightier way
Make war upon this bloody tyrant Time?
And fortify yourself in your decay
With means more blessed than my barren rhyme?

Now stand you on the top of happy hours,
And many maiden gardens yet unset,
With virtuous wish would bear your living flowers,
Much liker than your painted counterfeit.

So should the lines of life that life repair,
Which this Time's pencil, or my pupil pen,
Neither in inward worth nor outward fair,
Can make you live yourself in eyes of men.

To give away yourself keeps yourself still,
And you must live, drawn by your own sweet skill.

16

Was zahlst du nicht mit mächtigerem schlage
Der Zeit · dem blutigen tyrannen · heim?
Was stärkst du dich nicht für die niederlage
Heilsamer als durch meinen dürren reim?

Du blickst herab von seliger stunden hang:
Und manch jungfräulich unbebaut gefild
Trüge dein lebend grün mit keuschem drang
Das mehr dir gleicht als dein gemaltes bild.

Dem leben bringe lebens zug gewinn
Das schrift der Zeit nicht noch mein schülerstift –
Um zu erhalten dich im menschensinn –
An innrem wert und äussrer schöne trifft.

Gibst du dich weg · erhältst du dich zurück:
Leb durch dein eignes süsses meisterstück.

17

Who will believe my verse in time to come,
If it were fill'd with your most high deserts?
Though yet heaven knows it is but as a tomb
Which hides your live, and shows not half your parts.

If I could write the beauty of your eyes,
And in fresh numbers number all your graces,
The age to come would say ›This poet lies,
Such heavenly touches ne'er touch'd earthly faces‹.

So should my papers, yellowed with their age,
Be scorn'd, like old men of less truth than tongue,
And your true rights be term'd a poet's rage,
And stretched metre of an antique song:

But were some child of yours alive that time,
You should live twice, in it and in my rhyme.

17

Wer glaubt mir später · auch wenn du erschienst
In meinem vers mit deiner reichsten gabe?
Er zeigt – weiss himmel – kaum dein halb verdienst
Und hüllt dein leben wie in einem grabe.

Hätt ich dem reize deines augs genügt ·
Mäss ich in neuem maass all deine schöne ·
So spräche künftige zeit: ›der dichter lügt.
Kein erdgesicht birgt solche himmelstöne.‹

Wer dann die altersgelben blätter las
Lacht – wie auf greise minder wahr als lang ·
Nennt dein gut recht ein dichterlich geras ·
Gedehnten ton von einem alten sang.

Doch lebt dann noch von deinem stamm ein glied ·
So lebst du zwier: in ihm und meinem lied.

18

Shall I compare thee to a summer's day?
Thou art more lovely and more temperate.
Rough winds do shake the darling buds of May,
And summer's lease hath all too short a date:

Sometime too hot the eye of heaven shines,
And often is his gold complexion dimm'd;
And every fair from fair sometime declines,
By chance, or nature's changing course, untrimm'd;

But thy eternal summer shall not fade,
Nor lose possession of that fair thou ow'st;
Nor shall Death brag thou wander'st in his shade,
When in eternal lines to time thou grow'st.

So long as men can breathe, or eyes can see,
So long lives this, and this gives life to thee.

18

Soll ich vergleichen einem sommertage
Dich der du lieblicher und milder bist?
Des maien teure knospen drehn im schlage
Des sturms und allzukurz ist sommers frist.

Des himmels aug scheint manchmal bis zum brennen ·
Trägt goldne farbe die sich oft verliert ·
Jed schön will sich vom schönen manchmal trennen
Durch zufall oder wechsels lauf entziert.

Doch soll dein ewiger sommer nie ermatten:
Dein schönes sei vor dem verlust gefeit.
Nie prahle Tod · du gingst in seinem schatten . .
In ewigen reimen ragst du in die zeit.

Solang als menschen atmen · augen sehn
Wird dies und du der darin lebt bestehn.

19

Devouring Time, blunt thou the lion's paws,
And make the earth devour her own sweet brood;
Pluck the keen teeth from the fierce tiger's jaws,
And burn the long-lived phœnix in her blood;

Make glad and sorry seasons as thou fleets,
And do whate'er thou wilt, swift-footed Time,
To the wide world and all her fading sweets;
But I forbid thee one most heinous crime:

O, carve not with thy hours my love's fair brow,
Nor draw no lines there with thine antique pen;
Him in thy course untainted do allow
For beauty's pattern to succeeding men.

Yet do thy worst, old Time! Despite thy wrong,
My love shall in my verse ever live young.

19

Verschlingerin Zeit · stumpf ab des löwen klau ·
Heiss Erde schlingen eigne süsse brut!
Den spitzen zahn aus tigers rachen hau ·
Langlebigen phönix brenn in seinem blut!

Frohe und trübe zeiten lass zurück ·
Behandle wie du willst · schnellfüssige Zeit ·
Die weite welt und all ihr welkend glück!
Nur Ein ganz furchtbar unding lass beiseit:

O schneid nicht in des Liebsten schöne braun ·
Zieh keinen strich mit deinem alten stift ·
Auf deinem gang lass unbefleckt ihn schaun
Den Künftigen als der schönheit meisterschrift!

Bring · alte Zeit · die schwerste schädigung!
In meinem lied bleibt meine liebe jung.

20

A woman's face, with Nature's own hand painted,
Hast thou, the master mistress of my passion;
A woman's gentle heart, but not acquainted
With shifting change, as is false women's fashion;

An eye more bright than theirs, less false in rolling,
Gilding the object whereupon it gazeth;
A man in hue all hues in his controlling,
Which steals men's eyes and women's souls amazeth.

And for a woman wert thou first created;
Till Nature, as she wrought thee, fell a-doting,
And by addition me of thee defeated,
By adding one thing to my purpose nothing.

But since she prick'd thee out for women's pleasure,
Mine be thy love, and thy love's use their treasure.

20

Ein frauenantlitz das Natur selbsthändig
Gemalt – hast du · Herr-Herrin meiner minne ·
Ein zartes frauenherz · doch das nicht ständig
Den wechsel sucht nach falscher frauen sinne.

Ein aug so hell wie ihrs doch nicht so hehlend ·
Jed ding vergoldend worauf es sich wendet ·
Ein mann in form · den formen all befehlend ·
Der mannes aug und weibes seele blendet.

Du warst als frau gedacht als erst dich schaffte
Natur · doch sie verliebte sich beim werke ·
Indem durch zutat sie dich mir entraffte
Tat sie ein ding bei – nicht für meine zwecke.

Doch da sie dich erlas zu weibes labe ·
Sei mein dein lieben · ihnen liebes-gabe.

21

So is it not with me as with that Muse,
Stirr'd by a painted beauty to his verse,
Who heaven itself for ornament doth use,
And every fair with his fair doth rehearse;

Making a couplement of proud compare,
With sun and moon, with earth and sea's rich gems,
With April's first-born flowers, and all things rare
That heaven's air in this huge rondure hems.

O let me, true in love, but truly write,
And then believe me, my love is as fair
As any mother's child, though not so bright
As those gold candles fix'd in heaven's air.

Let them say more that like of hearsay well:
I will not praise that purpose not to sell.

21

So ist das meine nicht wie jenes Lied
Das angemalte schönheit treibt zum klang ·
Das gar zur zier den himmel herbeschied
Und jedes Schön als eignes Schön besang.

Mit stolzem gleichnis macht es kein geschling ·
Mit sonn und mond · kleinod aus flut und grund ·
Mit erstem maiflor · jedem seltnen ding
Womit der himmel säumt sein mächtig rund.

Wahr wie mein lieben sei mein schreiben wahr.
Und glaubt dann: meine liebe ist so schön
Wie jeder mutter kind · nur nicht so klar
Wie jene goldkerzen auf himmelshöhn.

Rede wer redereien liebt sein teil!
Ich rühme nicht dass mir ein ding nicht feil.

22

My glass shall not persuade me I am old,
So long as youth and thou are of one date;
But when in thee time's furrows I behold,
Then look I death my days should expiate.

For all that beauty that doth cover thee
Is but the seemly raiment of my heart,
Which in thy breast doth live, as thine in me.
How can I then be elder than thou art?

O therefore love, be of thyself so wary
As I not for myself, but for thee will,
Bearing thy heart, which I will keep so chary
As tender nurse her babe from faring ill.

Presume not on thy heart when mine is slain;
Thou gav'st me thine, not to give back again.

22

Nicht glaub ich meinem Spiegel · ich sei alt
Solang ihr · du und jugend · euch noch gleicht.
Doch seh ich: Zeit reisst in dich ihren spalt ·
So weiss ich dass mein tag sein end erreicht.

Denn all die schönheit hingestreut auf dir
Deckt als ein schicklich kleid mein herz nur zu:
Das lebt in deiner brust wie deins in mir:
Wie könnt ich also älter sein als du?

O Liebe · drum nimm auf dich selbst bedacht
Wie ich der es für dich – für sich nicht – tut.
Ich trag dein herz und nehm es so in acht
Wie zarte amme hält ihr kind in hut.

Beanspruch nicht dein herz · geht meins zu grabe:
Du gabst mir deins auf nimmerwiedergabe.

23

As an unperfect actor on the stage,
Who with his fear is put beside his part,
Or some fierce thing replete with too much rage,
Whose strength's abundance weakens his own heart;

So I, for fear of trust, forget to say
The perfect ceremony of love's rite,
And in mine own love's strength seem to decay,
O'ercharg'd with burthen of mine own love's might.

O let my books be then the eloquence
And dumb presagers of my speaking breast,
Who plead for love, and look for recompense,
More than that tongue that more hath more express'd.

O learn to read what silent love hath writ:
To hear with eyes belongs to love's fine wit.

23

So wie ein unvollkommner spieler tut
Der seine rolle in der angst vergass
Und wie ein wild geschöpf mit zuviel wut
Das selbst sich schwächt durch stärke-übermaass:

So entfiel mir weil ich mir nicht vertrau
Des liebe-gottesdienstes richtiger gang.
Durch eigne wucht scheint meine liebe flau ·
Bedrückt durch eigner stärke überschwang.

O sei mein buch drum meine redekunst
Und stummer künder meiner brust die fragt!
Es fleht um liebe und schaut aus nach gunst
Mehr als der mund der mehr schon mehr gesagt.

O lern verstehn was stille liebe schrieb!
Mit augen hören – das kann kluge lieb.

24

Mine eye hath play'd the painter and hath stell'd
Thy beauty's form in table of my heart;
My body is the frame wherein 'tis held,
And perspective it is best painter's art.

For through the painter must you see his skill,
To find where your true image pictur'd lies,
Which in my bosom's shop is hanging still,
That hath his windows glazed with thine eyes.

Now see what good turns eyes for eyes have done.
Mine eyes have drawn thy shape, and thine for me
Are windows to my breast, where-through the sun
Delights to peep, to gaze therein on thee.

Yet eyes this cunning want to grace their art,
They draw but what they see, know not the heart.

24

Mein auge ward zum maler und es fasst
Auf meines herzens grund dein konterfei.
Mein körper ist der rahmen drin es passt:
Als täuschung ist es beste malerei.

Denn um dein wahres bild zu finden musst
Du durch den maler sehn ders hergestellt.
Stets hängt es in der werkstatt meiner brust:
Ihr fenster ist dein aug das sie erhellt.

Sieh: aug und aug wie dienen sie sich fein!
Mein aug schuf deine form · deins ist für mich
Das fenster meiner brust wo sonnenschein
Froh durchschaut · denn er schaut darin auf dich.

Jedoch Ein kunstgriff bleibt dem auge fern:
Es malt nur was es sieht · kennt nicht den kern.

25

Let those who are in favour with their stars
Of public honour and proud titles boast,
Whilst I, whom fortune of such triumph bars,
Unlook'd for joy in that I honour most.

Great princes' favourites their fair leaves spread
But as the marigold at the sun's eye,
And in themselves their pride lies buried,
For at a frown they in their glory die.

The painful warrior famoused for fight,
After a thousand victories once foil'd,
Is from the book of honour razed quite,
And all the rest forgot for which he toil'd.

Then happy I, that love and am beloved
Where I may not remove, nor be removed.

25

Lass die begünstigt sind von ihrem stern
Von äussrer ehre prahlen · rang und pracht:
Ich · durchs geschick von solcher glorie fern ·
Geniesse still was meine ehre macht.

Der fürsten günstlinge tun schön sich auf
Wie vor dem sonnenblick die ringelblum . .
Doch oft nimmt ihre hoffart jähen lauf:
Ein stirnerunzeln und es stirbt ihr ruhm.

Der mühevolle krieger kampfbegabt
Wenn er nach tausend siegen schmach erlitt
Ist aus dem buch der ehre weggeschabt ·
Vergessen ist was vormals er erstritt.

Welch glück für mich: ich lieb und bin geliebt
Wo ich nicht schiebe und mich keiner schiebt.

26

Lord of my love, to whom in vassalage
Thy merit hath my duty strongly knit,
To thee I send this written ambassage,
To witness duty, not to show my wit.

Duty so great, which wit so poor as mine
May make seem bare, in wanting words to show it.
But that I hope some good conceit of thine
In thy soul's thought, all naked, will bestow it;

Till whatsoever star that guides my moving
Points on me graciously fair aspect,
And puts apparel on my tatter'd loving,
To show me worthy of thy sweet respect.

Then may I dare to boast how I do love thee;
Till then not show my head where thou mayst prove me.

26

Herr meiner liebe der in lehenspflicht
Hält meine schuld geknüpft an seine gunst!
Dir send ich diesen schriftlichen bericht ·
Nur zeichen meiner schuld nicht meiner kunst.

So grosse schuld die eine kunst so klein
Bar scheinen lässt – denn redend bleibt sie stecken –
Doch hoff ich · eine gute meinung dein
In deiner seele wird die nackte decken.

Bis jener stern der mich zum gang getrieben
Mit günstigem stande gnädig auf mich lacht ·
Gewänder legt um mein armselig lieben ·
Mich würdig zeigt für deine süsse acht:

Dann wag ich mich zu rühmen erst ›dich lieb ich‹
Bis dahin wär es gut · verborgen blieb ich.

27

Weary with toil, I haste me to my bed,
The dear repose for limbs with travel tired;
But then begins a journey in my head
To work my mind, when body's work's expired:

For then my thoughts, from far where I abide,
Intend a zealous pilgrimage to thee,
And keep my drooping eyelids open wide,
Looking on darkness which the blind do see:

Save that my soul's imaginary sight
Presents thy shadow to my sightless view,
Which, like a jewel hung in ghastly night,
Makes black night beauteous and her old face new

Lo, thus, by day my limbs, by night my mind,
For thee, and for myself, no quiet find.

27

Wenn müd der müh ich auf mein lager eile ·
Die teure ruh für glieder reise-matt ·
Dann erst beginnt in meinem kopf die meile ·
Gibt werk dem geist · hat es der körper satt.

Denn dann will mein gedanke aus den weiten
Zu dir in frommem pilgertume gehn ·
Hält weit die lider auf die niedergleiten
Und schaut ins dunkel das die blinden sehn.

Doch das erträumte Sehen meiner seele
Beut deinen schatten dar sichtloser schau
Gleich dem im finster hängenden juwele ·
Macht schön die nacht die vorher alt und grau.

Sieh wie bei tag den leib · bei nacht den geist
Nie unser beider schuld zur ruhe weist.

28

How can I then return in happy plight,
That am debarr'd the benefit of rest?
When day's oppression is not eas'd by night,
But day by night, and night by day oppress'd?

And each, though enemies to either's reign,
Do in consent shake hands to torture me,
The one by toil, the other to complain
How far I toil, still farther off from thee.

I tell the day, to please him thou art bright,
And dost him grace when clouds do blot the heaven.
So flatter I the swart-complexion'd night,
When sparkling stars twire not, thou gild'st the even.

But day doth daily draw my sorrows longer,
And night doth nightly make grief's strength seem stronger.

28

Wie kehr ich je zurück in heitren stand
Wenn mir der ruhe wohltat wird entrückt?
Wenn tages druck bei nacht nicht lindrung fand
Und nacht bei tag und tag bei nacht bedrückt?

Sieht jedes auch als feind des andren heer ·
Sie reichen sich die hand · zur folter mir:
Diese durch mühe · jener durch beschwer
Dass ich mich mühe – stets mehr weg von dir.

Ich sag dem tag: hell seist du ihm zur pracht
Und zierst ihn wenn gewölk das blau verdunkelt . .
So schmeichl ich auch der schwärzlich schauenden nacht:
Du färbest golden wenn kein sternlicht funkelt . .

Doch tag mehrt tages meine sorgen immer
Und nacht macht nachts des grames härte schlimmer.

29

When in disgrace with Fortune and men's eyes,
I all alone beweep my outcast state,
And trouble deaf heaven with my bootless cries,
And look upon myself, and curse my fate,

Wishing me like to one more rich in hope,
Featur'd like him, like him with friends possess'd,
Desiring this man's art, and that man's scope,
With what I most enjoy contented least;

Yet in these thoughts myself almost despising,
Haply I think on thee, and then my state,
Like to the lark at break of day arising
From sullen earth, sings hymns at heaven's gate;

For thy sweet love remember'd such wealth brings
That then I scorn to change my state with kings.

29

Wenn ich verbannt von glück und menschenblick
Bewein allein mein ausgestossnen-los ·
Mich selber sehend fluche dem geschick ·
Zum tauben himmel schreie aussichtlos:

Möcht ich wie einer sein mit freunden viel ·
Wie er geformt · wie er von hoffnung voll
Und wünsche eines kunst · des andren ziel –
Des mindest froh was meist mich freuen soll.

In solchem sinnen fast mich selbst verachtend
Fällst du mir plötzlich ein: ich steig empor
Und · wie die lerche mit dem frührot trachtend
Aus trüber erd · lobsing am himmelstor.

Dein · süsse liebe · denken bringt solch glück . .
Nun weis ich tausch mit königen zurück.

30

When to the sessions of sweet silent thought
I summon up remembrance of things past,
I sigh the lack of many a thing I sought,
And with old woes new wail my dear time's waste.

Then can I drown an eye, unus'd to flow,
For precious friends hid in death's dateless night,
And weep afresh love's long since cancell'd woe,
And moan th' expense of many a vanish'd sight.

Then can I grieve at grievances foregone,
And heavily from woe to woe tell o'er
The sad account of fore-bemoaned moan,
Which I new pay as if not paid before.

But if the while I think on thee, dear friend,
All losses are restor'd, and sorrows end.

30

Wenn ich zu süssen stillen sinnens tag
Aufruf' erinnrung der vergangenheit ·
Beseufze manch ein ding woran mir lag
Und altes weh neu weint um schwund der zeit:

Dann fliesst mein aug dem seltne träne kam
Um teure freunde fern in todesnacht ·
Rinnt um der lang getilgten liebe gram ·
Klagt um den ausfall viel verblichner pracht.

Dann schmerzen mich die schmerzen längst ertragen
Und schwer von weh zu wehe zähl ich her
Die trübe liste schon beklagter klagen
Und zahle sie wie nicht bezahlt vorher.

Doch denk ich · teurer freund · an dich dieweil ·
Sind sorgen ferne und verluste heil.

31

Thy bosom is endeared with all hearts
Which I by lacking have supposed dead;
And there reigns love and all love's loving parts,
And all those friends which I thought buried.

How many a holy and obsequious tear
Hath dear religious love stol'n from mine eye,
As interest of the dead, which now appear
But things remov'd that hidden in thee lie!

Thou art the grave where buried love doth live,
Hung with the trophies of my lovers gone,
Who all their parts of me to thee did give;
That due of many now is thine alone.

Their images I lov'd I view in thee,
And thou, all they, hast all the all of me.

31

Dein busen ist mit allen herzen reich
Die ich gestorben meinte beim verlust –
Der lieb und jeden liebesdings bereich
Und aller freunde die ich tot gewusst.

Wie hat viel heilige trauerhafte zähren
Fromm-teure lieb in meinem aug erweckt
Als recht der toten – und nun scheint · die wären
Etwas entrücktes nur · in dir versteckt!

Du bist die gruft wo liebe lebt im grab ·
Vom denk-schmuck meiner fernen lieben voll ·
Sie gaben all ihr teil von mir dir ab ·
Nun ist ganz dein was vielen eignen soll.

Jed bild das ich geliebt seh ich in dir
Und du – sie all – hast all das all von mir.

32

If thou survive my well-contented day,
When that churl Death my bones with dust shall cover,
And shalt by fortune once more re-survey
These poor rude lines of thy deceased lover,

Compare them with the bett'ring of the time,
And though they be outstripp'd by every pen,
Reserve them for my love, not for their rhyme,
Exceeded by the height of happier men.

O, then vouchsafe me but this loving thought:
›Had my friend's Muse grown with this growing age,
A dearer birth than this his love had brought,
To march in ranks of better equipage;

But since he died, and poets better prove,
Theirs for their style I'll read, his for his love‹.

32

Wenn du vom günstigen tag an weiterlebst
Wo rüpel Tod staub streut auf mein gebein –
Zufällig mit dem blicke nochmals schwebst
Auf deines toten minners plumpen reihn:

Vergleich sie mit der zeit verbesserung ·
Bewahr sie · überholt durch jede schrift ·
Um meine liebe · nicht um ihren schwung
Des höhe manch beglückterer übertrifft.

Sprich huldvoll dann mit liebendem bedacht:
›Wär mit der zeit gedeihn gediehn sein sang ·
Hätt edler werk des freundes lieb erbracht
Um dazustehn in stattlicherem rang.

Doch da er starb und dichter besser schrieben
Les ich sie um den stil · ihn um sein lieben.‹

33

Full many a glorious morning have I seen
Flatter the mountain-tops with sovereign eye,
Kissing with golden face the meadows green,
Gilding pale streams with heavenly alchemy;

Anon permit the basest clouds to ride
With ugly rack on his celestial face,
And from the forlorn world his visage hide,
Stealing unseen to west with this disgrace.

Even so my sun one early morn did shine
With all-triumphant splendour on my brow;
But out, alack! he was but one hour mine,
The region cloud hath mask'd him from me now.

Yet him for this my love no whit disdaineth;
Suns of the world may stain when heaven's sun staineth.

33

Manch prächtigen morgen sah ich überglühn
Die bergeshöhn mit königlicher gunst . .
Sein goldnes antlitz küsst der wiesen grün ·
Vergüldet bleichen strom mit götterkunst.

Dann liess er niederstes gewölk beziehn
Mit garstigem dampfe seinen himmelsblick ·
Verhüllt aus der verlassnen welt zu fliehn
Unsichtbar westwärts mit dem missgeschick.

So sah ich früh einst meiner sonne schein
Mit dem allsieger-glanz auf meiner brau ·
Doch ach · nur eine stunde war sie mein:
Höh-wolken bergen mir nun ihre schau.

Doch · liebe · für dies blassen nimmer hasse
Sonnen der welt wenn himmels sonne blasse!

34

Why didst thou promise such a beauteous day,
And make me travel forth without my cloak,
To let base clouds o'ertake me in my way,
Hiding thy bravery in their rotten smoke?

'This not enough that through the cloud thou break,
To dry the rain on my storm-beaten face,
For no man well of such a salve can speak
That heals the wound, and cures not the disgrace.

Nor can thy shame give physic to my grief;
Though thou repent, yet I have still the loss.
Th' offender's sorrow lends but weak relief
To him that bears the strong offence's cross.

Ah, but those tears are pearl which thy love sheds,
And they are rich, and ransom all ill deeds.

34

Warum versprachst du solchen schönen tag
Dass ich mich ohne mantel aufgemacht?
Mich holten niedre wolken ein – da lag
Verhüllt in fauligem dunste deine pracht.

’s ist nicht genug dass du durch wolken siehst
Und trocken wischst mein sturmgepeitscht gesicht . .
Denn keiner solche salbe lobt: sie schliesst
Die wunde aber heilt den unfall nicht ·

Noch zieht mein schmerz arznei aus deiner scham . .
Bereust du auch · ist der verlust doch mein.
Nur schwache lindrung gibt des kränkers gram
Dem der erträgt der schweren kränkung pein.

Doch tränen die du weinst sind perlen – ach!
Und sie sind reich und sühnen jede schmach.

35

No more be griev'd at that which thou hast done:
Roses have thorns, and silver fountains mud,
Clouds and eclipses stain both moon and sun,
And loathsome canker lives in sweetest bud.

All men make faults, and even I in this,
Authorizing thy trespass with compare,
Myself corrupting, salving thy amiss,
Excusing thy sins more than thy sins are;

For to thy sensual fault I bring in sense –
Thy adverse party is thy advocate –
And ' gainst myself a lawful plea commence.
Such civil war is in my love and hate,

That I an accessary needs must be
To that sweet thief which sourly robs from me.

35

Nicht länger sei dir leid was du getan –
Rose hat dornen · schlamm der silberbronn ·
Der ekle wurm frisst süsste knospen an ·
Wolk und verfinstrung fleckt auf mond und sonn.

Wir irren all und ich bin darin irr
Dass ich mit gleichnis dein vergehn erhebe ·
Mich selbst bestechend löse dein gewirr
Und deiner schuld mehr wie sie gilt vergebe.

Für deine sinnenfehler find ich sinn –
Dein eigner widerpart spricht für erlass –
Ich der vorm recht mein eigner kläger bin . .
Solch innren krieg führt in mir lieb und hass

Dass er zum helfershelfer mich befiehlt
Dem süssen dieb der bitter mich bestiehlt.

36

Let me confess that we two must be twain,
Although our undivided loves are one.
So shall those blots that do with me remain,
Without thy help, by me be borne alone.

In our two loves there is but one respect,
Though in our lives a separable spite,
Which though it alter not love's sole effect,
Yet doth it steal sweet hours from love's delight.

I may not evermore acknowledge thee.
Lest my bewailed guilt should do thee shame;
Nor thou with public kindness honour me,
Unless thou take that honour from thy name.

But do not so; I love thee in such sort,
As thou being mine, mine is thy good report.

36

Wir müssen sein wie zwei · lass mich gestehn ·
Ist unsre liebe auch unteilbar-ein.
Du darfst die flecken nicht die mit mir gehn
Mittragen wollen · sondern ich allein.

In unsrem lieben ist nur Ein bedacht ·
Ist auch im leben trennender verdruss.
Wol schwächt er nicht der liebe volle macht ·
Doch stiehlt ihr süsse stunden vom genuss.

Nicht heiss es mehr ich sei vertraut mit dir ·
Sonst bringt dir mein beklagter fehler scham ·
Noch zeig du offner güte ehre mir ·
Dass nicht von seiner ehre lässt dein nam.

Doch tu dies nicht! derart ist unser bund:
Mein · da du mein bist · ist auch dein leumund.

37

As a decrepit father takes delight,
To see his active child do deeds of youth,
So I, made lame by Fortune's dearest spite,
Take all my comfort of thy worth and truth.

For whether beauty, birth, or wealth, or wit,
Or any of these all, or all, or more,
Entitled in their parts do crowned sit,
I make my love engrafted to this store.

So then I am not lame, poor, nor despis'd,
Whilst that this shadow doth such substance give,
That I in thy abundance am suffic'd,
And by a part of all thy glory live.

Look what is best, that best I wish in thee.
This wish I have, then ten times happy me!

37

So sieht ein greiser vater freudenvoll
Wenn frisch sein kind das werk der jugend schafft . .
So gibt mir · lahm durch schicksals tiefsten groll ·
All meinen trost dein wert und deine kraft.

Ob adel schönheit reichtum oder witz
Ob eins davon in dir ob alle ganz
Berechtigt seien zum gekrönten sitz:
Ich pflanze meine lieb auf deinen glanz.

So bin ich nicht verschmäht noch arm noch matt
Wenn dieser schatten solches mark verleiht.
Ich fühle mich in deiner fülle satt
Und teile alle deine herrlichkeit.

Sieh was das beste ist wünsch ich für dich.
Mein wunsch ward mein: drum zehnmal glücklich ich!

38

How can my Muse want subject to invent,
While thou dost breathe, that pour'st into my verse
Thine own sweet argument, too excellent
For every vulgar paper to rehearse?

O, give thyself the thanks, if aught in me
Worthy perusal stand against thy sight,
For who's so dumb that cannot write to thee,
When thou thyself dost give invention light?

Be thou the tenth Muse, ten times more in worth
Than those old nine which rhymers invocate;
And he that calls on thee, let him bring forth
Eternal numbers to outlive long date.

If my slight Muse do please these curious days,
The pain be mine, but thine shall be the praise.

38

Fällt meiner muse die erfindung schwer
Solang du hauchst? Du strömst in mein gedicht
Den eignen süssen inhalt · allzuhehr
Als dass er aus gemeinem blatte spricht.

O dank dir selbst wenn etwas du in mir
Der durchsicht würdig dir vors auge stellst:
Wo bliebe einer stumpf · schreibt er von dir ·
Da selbst du mit erfindung ihn erhellst.

Du zehnte muse · zehnmal mehr an wert
Als die von reimern angeflehten Neun!
Die zu dir rufen denen sei'n beschert
Gesänge die sich ewigen daseins freun!

Gefällt mein schlichtes lied der spähenden zeit ·
Sei mir die müh und dir der ruhm bereit!

39

O how thy worth with manners may I sing,
When thou art all the better part of me?
What can mine own praise to mine own self bring?
And what is't but mine own when I praise thee?

Even for this let us divided live,
And our dear love lose name of single one,
That by this separation I may give
That due to thee which thou deserv'st alone.

O absence, what a torment wouldst thou prove,
Were it not thy sour leisure gave sweet leave
To entertain the time with thoughts of love,
Which time and thoughts so sweetly doth deceive,

And that thou teachest how to make one twain,
By praising him here who doth hence remain!

39

Wie mag ich deinen wert mit anstand singen?
Bist du doch nur der bessere teil von mir!
Was kann mein eignes lob mir selber bringen?
Mein lob ist nur · red ich zum lobe dir.

Aus diesem grund lass uns geschieden leben.
Nicht heisse unsre liebe eins hinfür:
So kann ich dir durch diese trennung geben
Was dein verdienst ist · dir allein gebühr.

O was für eine qual das fernsein bliebe ·
Gäb nicht dein bittrer urlaub süssen fug
Zu sinnen in der zwischenzeit von liebe ·
Was zeit und sinn hinhält mit süssem trug ·

Und lernt ich nicht wie zwei aus eins entsteht ·
Wenn ich hier preise den der fern dort geht.

40

Take all my loves, my love, yea, take them all,
What hast thou then more than thou hadst before?
No love, my love, that thou mayst true love call;
All mine was thine before thou hadst this more.

Then if for my love thou my love receivest,
I cannot blame thee, for my love thou usest;
But yet be blam'd, if thou thyself deceivest
By wilful taste of what thyself refusest.

I do forgive thy robb'ry, gentle thief,
Although thou steal thee all my poverty;
And yet love knows it is a greater grief
To bear love's wrong than hate's known injury.

Lascivious grace, in whom all ill well shows,
Kill me with spites; yet we must not be foes.

40

Nimm meine lieben · lieb · ja nimm sie alle!
Hast du nicht alles · gab ichs nicht schon eh'r?
Kein lieben · lieb · das dir als echt gefalle –
Mein alles war schon dein vor diesem ›mehr‹.

Wenn mir zu liebe du mein lieb empfängst
So tadl' ich nicht wenn du mein lieb bedarfst.
Doch sei getadelt wenn du nur dich hängst
In trotziger lust an das was du verwarfst.

Vergeben sei der raub dir holdem diebe ·
Stiehlst du auch weg all mein geringes gut.
Und doch – weiss liebe! – grössern schmerz bringt liebe
Durch unbill als der hass durch offne wut.

Wollüstige anmut! dir steht schlechtes fein.
Quäl mich zu tod! nur feind darfst du nicht sein.

41

Those pretty wrongs that liberty commits,
When I am sometime absent from thy heart,
Thy beauty and thy years full well befits,
For still temptation follows where thou art.

Gentle thou art, and therefore to be won,
Beauteous thou art, therefore to be assailed;
And when a woman woos, what woman's son
Will sourly leave her till she have prevailed?

Ay me! but yet thou mightst my seat forbear,
And chide thy beauty and thy straying youth,
Who lead thee in their riot even there
Where thou art forc'd to break a twofold truth:

Hers, by thy beauty tempting her to thee,
Thine, by thy beauty being false to me.

41

Die hübschen sünden die der leichtsinn tut
Wenn manchmal ich von deinem herzen fern:
Sie stehn der schönheit deiner jahre gut ·
Denn wo du bist folgt die versuchung gern.

Liebreich bist du: und deshalb zu gewinnen ·
Schön bist du: deshalb wird um dich gekriegt ·
Und welches weibes sohn wenn weiber minnen
Verliesse mürrisch sie eh sie gesiegt.

Weh mir! doch meiden könntest du mein haus
Und deine schönheit schmähn und junge lust
Die dorthin dich entführt in saus und braus
Wo zwiefach du die treue brechen musst:

Ihre · weil deine schönheit lockt zu dir –
Deine · weil deine schönheit falsch zu mir.

42

That thou hast her, it is not all my grief,
And yet it may be said I lov'd her dearly;
That she hath thee, is of my wailing chief,
A loss in love that touches me more nearly.

Loving offenders, thus I will excuse ye:
Thou dost love her because thou know'st I love her,
And for my sake even so doth she abuse me,
Suff'ring my friend for my sake to approve her.

If I lose thee, my loss is my love's gain,
And losing her, my friend hath found that loss;
Both find each other, and I lose both twain,
And both for my sake lay on me this cross.

But here's the joy; my friend and I are one;
Sweet flattery! then she loves but me alone.

42

Dass du sie hast ist nicht mein ganzer gram
Und doch wird recht gesagt: sie liebt ich herzlich.
Dass sie Dich hat ist was als schlimmstes kam ·
Mehr trifft mich *der* verlust an liebe schmerzlich.

Die ihr mit liebe kränkt · seid so entschuldet:
Du liebst: denn du weisst sie von mir geliebt.
Auch sie betrügt mich meinethalb und duldet
Dass meinethalb mein freund sich ihr ergibt.

Verlier ich dich · gewinnt mein lieb dabei ·
Von mir verloren fand mein freund sie – beide
Finden einander · ich verliere zwei
Und beide tun mir meinthalb dies zu leide.

Doch dies ist gut: ich und mein freund sind Ein –
Süss schmeichelwort: so liebt sie mich allein.

43

When most I wink, then do mine eyes best see,
For all the day they view things unrespected,
But when I sleep, in dreams they look on thee,
And darkly bright, are bright in dark directed.

Then thou, whose shadow shadows doth make bright,
How would thy shadow's form form happy show
To the clear day with thy much clearer light,
When to unseeing eyes thy shade shines so!

How would, I say, mine eyes be blessed made,
By looking on thee in the living day,
When in dead night thy fair imperfect shade
Through heavy sleep on sightless eyes doth stay!

All days are nights to see till I see thee,
And nights bright days when dreams do show thee me.

43

Mein auge sieht am besten · schliesst es sich ·
Da es sich tags an nichtige dinge wendet.
Doch · schlaf ich · blickt in träumen es auf dich ·
Ist nächtig-hell · hell in die nacht gesendet.

Denn du · des schatten hell durch schatten bricht ·
Wie machte deines schattens form erst froh
Den klaren tag durch dein viel klarer licht ·
Glänzt schon geschlossnem aug dein schatten so!

Wie · sag ich · wär des auges glück erst gross
Wenn es dich sähe im lebendigen tag ·
Da schon in toter nacht dein schatten bloss
Durch schweren schlaf vor blinden augen lag.

Tag ist wie nacht zu sehn eh ich dich sah ·
Nacht heller tag · bringt dich der traum mir nah.

44

If the dull substance of my flesh were thought,
Injurious distance should not stop my way,
For then despite of space I would be brought,
From limits far remote, where thou dost stay.

No matter then although my foot did stand
Upon the farthest earth remov'd from thee;
For nimble thought can jump both sea and land,
As soon as think the place where he would be.

But ah! thought kills me that I am not thought,
To leap large lengths of miles when thou art gone,
But that so much of earth and water wrought,
I must attend time's leisure with my moan.

Receiving nought by elements so slow
But heavy tears, badges of either's woe.

44

Wär meines fleisches dumpfer stoff der sinn
So triebe ferne mich nicht kränkend fort.
Dann zöge ich dem raum zum trotze hin
Von weit entlegner mark an deinen ort.

Dann wärs das gleiche wenn mein fuss auch stand
Auf fernster erde weggeführt allein:
Der flinke sinn springt über meer und land
Schnell wie den platz er denkt wo er will sein.

Ach sinnen tötet mich dass nicht als sinn
Ich wenn du fern bist laufe lange meile ·
Dass ich der viel aus erd und wasser bin
Muss seufzend warten auf die gunst der weile.

Da mir solch träge stoffe nichts verleihn
Als tränen schwer – zeichen von beider pein.

45

The other two, slight air and purging fire,
Are both with thee, wherever I abide;
The first my thought, the other my desire,
These present-absent with swift motion slide.

For when these quicker elements are gone
In tender embassy of love to thee,
My life, being made of four, with two alone
Sinks down to death, oppress'd with melancholy;

Until life's composition be recured
By those swift messengers return'd from thee,
Who even but now come back again, assured
Of thy fair health, recounting it to me.

This told, I joy; but then no longer glad,
I send them back again, and straight grow sad.

45

Die andren: leichte luft und läuternd feuer
Umgeben beide dich wo ich auch bin ·
Nah-ferne gleitend mit geschwindem steuer . .
Jenes ist meine sehnsucht · dies mein sinn.

Wenn diese schnellern stoffe sich befrein
Zu zartem liebesboten-dienst · so bückt
Mein leben · das aus vier besteht · mit zwein
Sich hin zum tod von traurigkeit erdrückt.

Dem leben kommt erst neuer halt wenn nahn
Die raschen sendlinge zurück von dir . .
Sie kehren eben wieder und sie sahn
Gesund und schön dich und berichtens mir.

Dies bringt mir freude: doch nur kurz entzückt
Send ich sie wieder weg und bin bedrückt.

46

Mine eye and heart are at a mortal war,
How to divide the conquest of thy sight;
Mine eye my heart thy picture's sight would bar,
My heart mine eye the freedom of that right.

My heart doth plead that thou in him dost lie –
A closet never pierc'd with crystal eyes –
But the defendant doth that plea deny,
And says in him thy fair appearance lies.

To 'cide this title is impannelled
A quest of thoughts, all tenants to the heart;
And by their verdict is determined
The clear eye's moiety and the dear heart's part:

As thus: mine eye's due is thine outward part,
And my heart's right thine inward love of heart.

46

Mein herz und auge kämpfen darob wild
An wen die beute deines anblicks fällt:
Mein auge will mein herz von deinem bild
Wegdrängen und mein herz am vorrecht hält.

Mein herz führt dies an: in ihm sei dein platz ·
Nie vom kristallnen aug durchbohrter schrein.
Jedoch der gegner leugnet diesen satz
Und sagt · in ihm nur sei dein holder schein.

Die frage zu entscheiden übernimmt
Gerichtshof von gedanken · alle knechte
Des herzens · und ihr wahrspruch hat bestimmt
Des klaren augs · des teuren herzens rechte ·

Wie folgt: dass meinem aug dein äussres bliebe ·
Dem herzen deines herzens innre liebe.

47

Betwixt mine eye and heart a league is took,
And each doth good turns now unto the other.
When that mine eye is famish'd for a look,
Or heart in love with sighs himself doth smother;

With my love's picture then my eye doth feast,
And to the painted banquet bids my heart;
Another time mine eye is my heart's guest,
And in his thoughts of love doth share a part;

So, either by thy picture or my love,
Thyself away art present still with me;
For thou not farther than my thoughts canst move,
And I am still with them, and they with thee;

Or, if they sleep, thy picture in my sight
Awakes my heart to heart's and eye's delight.

47

Ein bündnis zwischen herz und aug fand statt ·
Wo eins dem andren gute hilfe schickt.
Ist aug nach einem blicke hungermatt ·
Ist herz von liebendem geschluchz erstickt:

Mit meiner liebe bild mein aug dann prasst
Und lädt mein herz zu dem gemalten schmaus.
Dann wieder ruft mein herz mein aug als gast ·
Teilt ihm von seinem liebes-sinnen aus.

So durch dein bildnis oder meine liebe
Bist du auch ferne gegenwärtig mir.
Dir ist kein ort wohin mein sinn nicht triebe
Und ich bin stets bei ihm und er bei dir.

Und · schläft er · weckt dein bild in meiner brust
Das herz zu herzens und zu auges lust.

48

How careful was I, when I took my way,
Each trifle under truest bars to thrust,
That to my use it might unused stay
From hands of falsehood, in sure wards of trust!

But thou, to whom my jewels trifles are,
Most worthy comfort, now my greatest grief,
Thou, best of dearest and mine only care,
Art left the prey of every vulgar thief.

Thee have I not lock'd up in any chest,
Save where thou art not, though I feel thou art,
Within the gentle closure of my breast,
From whence at pleasure thou mayst come and part;

And even thence thou wilt be stol'n, I fear,
For truth proves thievish for a prize so dear.

48

Wie achtsam war ich · ging ich aus dem haus!
Jed kleines ding verriegelte ich gut ·
Schloss es zu meinem nutz vom nutzen aus
Unehrlicher hände · in der treue hut.

Doch du der tand aus meinen schätzen macht ·
Heut grösster gram · du trost vor allem lieb ·
Bestes vom teuren · meine einzige acht ·
Du wardst als beute jedem schnöden dieb!

Dich schloss ich nicht in andre truhe ein
Als wo du nicht bist – fühl ich auch du bist –
Drinnen in meines busens edlem schrein . .
Du kommst und gehst wie dir gefällig ist.

Doch stiehlt man dich auch dort – mir bangt · es weise
Sich Treue selbst als dieb bei solchem preise.

49

Against that time, if ever that time come,
When I shall see thee frown on my defects
When as thy love hath cast his utmost sum,
Call'd to that audit by advis'd respects;

Against that time when thou shalt strangely pass,
And scarcely greet me with that sun, thine eye,
When love, converted from the thing it was,
Shall reasons find of settled gravity;

Against that time do I ensconce me here
Within the knowledge of mine own desert,
And this my hand against myself uprear,
To guard the lawful reasons on thy part.

To leave poor me thou hast the strength of laws,
Since why to love I can allege no cause.

49

Für jene zeit – wär ich ihr nie gedenk! –
Wann du auf meine fehler zürnend siehst ·
Du hinwarfst deiner liebe lezt geschenk ·
Auf klugen ratschlag deine rechnung ziehst:

Für jene zeit wo du dich fremd entfernst ·
Kaum diese sonne mich – dein auge – grüsst
Wenn ursach findend zu gemessnem ernst
Die liebe frühere dinge eingebüsst:

Für jene zeit umschirme ich mich hier
In meines eignen wertes wissenheit
Und heb die hand auf · selber feindlich mir ·
Dem guten recht zum schutz auf deiner seit.

Verlass mich nur · da das gesetz dich schüzt
Und mich kein grund dass du mich liebest stüzt!

50

How heavy do I journey on the way,
When what I seek, my weary travel's end,
Doth teach that ease and that repose to say,
›Thus far the miles are measur'd from thy friend!‹

The beast that bears me, tired with my woe,
Plods dully on, to bear that weight in me,
As if by some instinct the wretch did know
His rider lov'd not speed being made from thee.

The bloody spur cannot provoke him on
That sometimes anger thrusts into his hide,
Which heavily he answers with a groan
More sharp to me than spurring to his side;

For that same groan doth put this in my mind:
My grief lies onward, and my joy behind.

50

Wie schwer wandr ich auf meinem wege fort
Und meiner trüben reise ziel nur scheu'nd . .
Denn seine rast und labung lehrt dies wort:
›Wie weit die meilen messen bis zum freund!‹

Mich trägt mein tier das müd von meinem wehe
Dumpf weiter trabt – es trägt die last in mir –
Als ob des armen innrer trieb verstehe:
Sein reiter liebt nicht eile · fern von dir.

Die blutigen sporen reizen es nicht mehr
Die manchmal in die haut ihm stösst mein zorn
Und mit gestöhn erwidert es mir schwer
Das für mich schärfer ist als ihm mein sporn.

Denn dies gestöhn ruft meinem geist zurück:
Mein gram liegt vorn und hinten liegt mein glück.

51

Thus can my love excuse the slow offence
Of my dull bearer when from thee I speed;
From where thou art why should I haste me thence?
Till I return of posting is no need.

O, what excuse will my poor beast then find,
When swift extremity can seem but slow?
Then should I spur, though mounted on the wind,
In winged speed no motion shall I know.

Then can no horse with my desire keep pace;
Therefore desire, of perfect'st love being made,
Shall weigh no dull flesh in his fiery race;
But love, for love, thus shall excuse my jade;

Since from thee going he went wilful slow,
Towards thee I'll run, and give him leave to go.

51

Entschuldige liebe für langsamen trutz
Den dumpfen träger · brech ich von dir auf!
Sollt ich enteilen wo du bist? Nicht nutz
Ist bis ich wiederkehr ein schleuniger lauf.

Was dann mein armes tier entschuldigend sagt
Wenn äusserstes der schnelle mir dünkt rast?
Ich gäb die sporen selbst vom wind gejagt
Und stillstand fänd ich in beschwingter hast.

Dann hält kein pferd mit meiner sehnsucht schritt
Und sehnsucht soll – die vollster lieb entspross –
Wiehern · kein dumpfes fleisch · in glühendem ritt.
Aus lieb entschuldige liebe dann mein ross:

›Einst · von dir gehend · ging es trotzig-lang.
Hin zu dir lauf ich · lass ihm seinen gang.‹

52

So am I as the rich whose blessed key
Can bring him to his sweet up-locked treasure,
The which he will not ev'ry hour survey,
For blunting the fine point of seldom pleasure.

Therefore are feasts so solemn and so rare,
Since seldom coming, in the long year set,
Like stones of worth they thinly placed are,
Or captain jewels in the carcanet.

So is the time that keeps you as my chest,
Or as the wardrobe which the robe doth hide,
To make some special instant special blest,
By new unfolding his imprison'd pride.

Blessed are you, whose worthiness gives scope,
Being had, to triumph, being lack'd, to hope.

52

Dem Reichen gleich ich dem sein liebes schloss
Aufspringt zum süss verborgenen besitze
Des anblick er nicht jederzeit genoss
Dass nicht verstumpft der seltnen freude spitze.

Feste sind drum so einzig und so hehr
Weil dünn-gesezt sie langes jahr durchschneiden
Wie edle steine · seltner wiederkehr ·
Und wie die hauptjuwelen an geschmeiden.

So hält die zeit dich mir wie eine lade
Und wie das fach vom feierkleid gefüllt:
Besondre stunde bringt besondre gnade
Wenn sie den eingefangnen prunk enthüllt.

Gesegnet bist du: dessen wert · wenn offen
Zum jubel anlässt · wenn verdeckt · zum hoffen.

53

What is your substance, whereof are you made,
That millions of strange shadows on you tend?
Since every one hath, every one, one shade,
And you, but one, can every shadow lend.

Describe Adonis, and the counterfeit
Is poorly imitated after you;
On Helen's cheek all art of beauty set,
And you in Grecian tires are painted new:

Speak of the spring and foison of the year,
The one doth shadow of your beauty show,
The other as your bounty doth appear;
And you in every blessed shape we know.

In all external grace you have some part,
But you like none, none you, for constant heart.

53

Was war der stoff der dich gebildet hatte ·
Dass tausend fremde schatten dich umreihn?
Ist jedem dinge · jedem · nur Ein schatte:
Kannst du · der Eine · tausend schatten leihn?

Beschreib Adonis · und die schilderei
Ist eine schwache nachahmung von dir . .
Helenens stirn leg alle reize bei ·
Und du bist neu gemalt in griechischer zier.

Von frühling sprich · von früchtezeit im jahr –
Eins lässt den schatten deiner schönheit sehn ·
Das andre macht uns deine güte klar:
Aus jeder teuren form willst du erstehn . .

Kein äussrer reiz der nicht an dir erfreue!
Doch gleichst du keinem · keiner dir · an treue.

54

O how much more doth beauty beauteous seem,
By that sweet ornament which truth doth give!
The rose looks fair, but fairer we it deem
For that sweet odour which doth in it live.

The canker-blooms have full as deep a dye,
As the perfumed tincture of the roses,
Hand on such thorns, and play as wantonly,
When summer's breath their masked buds discloses;

But, for their virtue only is their show,
They live unwoo'd, and unrespected fade,
Die to themselves. Sweet roses do not so;
Of their sweet deaths are sweetest odours made.

And so of you, beauteous and lovely youth,
When that shall vade, my verse distils your truth.

54

O wieviel mehr die schönheit schön erscheint
Durch jenen süssen schmuck den wert ihr webt!
Hold sieht die rose aus · doch holder meint
Man jenen süssen duft der in ihr lebt.

Wildblüten haben gleiche tiefe glut
Am gleichen dorn wie riechend farbige rosen
Und · wenn des sommers atem offen tut
Die knospenlarven · gleiches üppiges kosen.

Doch ihre tugend liegt nur im gesicht ·
Sie leben ohne lieb und ehr · am strauch
Absterbend . . süsse rosen tun das nicht:
Aus ihrem süssen tod strömt süsster hauch.

So träufle · lieblicher und schöner knabe ·
Wenn alles welkt dein wert aus meiner gabe.

55

Not marble nor the gilded monuments
Of princes shall outlive this powerful rhyme;
But you shall shine more bright in these contents
Than unswept stone, besmear'd with sluttish time.

When wasteful war shall statues overturn,
And broils root out the work of masonry,
Nor Mars his sword nor war's quick fire shall burn
The living record of your memory.

'Gainst death and all-oblivious enmity
Shall you pace forth; your praise shall still find room,
Even in the eyes of all posterity
That wear this world out to the ending doom.

So, till the judgment that yourself arise,
You live in this, and dwell in lovers' eyes.

55

Nicht marmor lebt und nicht vergoldet mal
Solang als diese mächtigen melodien ·
Nicht scheint so hell als dieser reihen zahl
Der schmutzige stein von ekler zeit bespien.

Wenn grimmiger krieg die säulen überrennt
Und streit das werk stürzt das der maurer schuf:
Nicht schwert des Mars · nicht kriegesfeuer brennt
Deines gedächtnisses lebendigen ruf.

Durch tod und allvergessenden verdruss
Gehst du hindurch . . dein preis bleibt noch bestellt
Im auge aller künftigen die die welt
Aufbrauchen bis zu dem verhängten schluss.

So lebst du · bis du aufstehst beim gericht ·
Hierin und in der Liebenden gesicht.

56

Sweet love, renew thy force; be it not said
Thy edge should blunter be than appetite,
Which but today by feeding is allay'd,
Tomorrow sharpen'd in his former might.

So, love, be thou; although today thou fill
Thy hungry eyes, even till they wink with fulness,
Tomorrow see again, and do not kill
The spirit of love with a perpetual dulness.

Let this sad int'rim like the ocean be
Which parts the shore, where two contracted new
Come daily to the banks, that, when they see
Return of love, more blest may be the view;

Or call it winter, which being full of care,
Makes summer's welcome thrice more wish'd, more rare.

56

Erneue · süsse liebe · deine kraft
Dass diese glut nicht stumpfer heissen darf
Als hunger der durch speise heut erschlafft ·
Am nächsten tag mit frischer stärke scharf.

So · liebe · tu! Machst du auch heute voll
Dein hungrig auge bis es schwimmt vor sattheit:
Schau morgen wieder hin · nicht sterben soll
Der geist der liebe durch beständige mattheit.

Die trübe zwischenzeit sei wie das meer
Das küsten trennt wo neuverbundnes paar
Täglich am strand sich trifft: die wiederkehr
Der liebe stellt den anblick schöner dar.

Auch denke dir den winter grambeschwert
Der sommers gruss mehr wünschbar macht · mehr wert.

57

Being your slave, what should I do but tend
Upon the hours and times of your desire?
I have no precious time at all to spend,
Nor services to do, till you require.

Nor dare I chide the world-without-end hour
Whilst I, my sovereign, watch the clock for you,
Not think the bitterness of absence sour
When you have bid your servant once adieu;

Nor dare I question with my jealous thought
Where you may be, or your affairs suppose,
But, like a sad slave, stay and think of nought
Save, where you are how happy you make those.

So true a fool is love, that in your will,
Though you do anything, he thinks no ill.

57

Ich bin dein sklave der nur auf die stunden
Und zeiten deiner lust zu harren weiss.
Nie bin ich an kostbare zeit gebunden
Noch einen dienst wenn nicht auf dein geheiss.

Nicht schelt ich auf die endlos lange frist
Wenn ich · gebieter · deinthalb schau zur uhr
Noch denk ich wie die ferne bitter ist
Wenn dann dein knecht auf deinen wink entfuhr.

Nicht wagt mein eifersüchtiger sinn die frag
Wo du nun bist · an welch geschäft du eilst . .
Ich harre · ein betrübter sklav · und sag
Mir bloss wie du beglückst wo du grad weilst.

Solch treuer narr ist liebe: ihr ist recht
Was du auch wünschest · niemals denkt sie schlecht.

58

That god forbid that made me first your slave,
I should in thought control your times of pleasure,
Or at your hand th' account of hours to crave,
Being your vassal bound to stay your leisure!

O, let me suffer, being at your beck,
Th' imprison'd absence of your liberty;
And patience, tame to sufferance, bide each check,
Without accusing you of injury.

Be where you list, your charter is so strong,
That you yourself may privilege your time
To what you will, to you it doth belong
Yourself to pardon of self-doing crime.

I am to wait, though waiting so be hell,
Not blame your pleasure, be it ill or well.

58

Verhüte Gott der mich euch schuf zum knecht
Dass ich im sinn zeit eurer lust bewachte
Noch mir von euch auf stunden nähm ein recht:
Ich eur vasall der eure musse achte!

O lasst mich eure freiheit – meine haft –
Erdulden · eurem winke nur mich weihend.
Geduld · gezähmt zum leiden · habe kraft
Für alle stösse · nie der kränkung zeihend.

Tut was ihr mögt! Eur freibrief geht so weit
Dass ihr könnt spenden eurer stunden huld
Für was ihr wollt · ihr dem das recht verleiht
Selbst zu vergeben selbsterworbne schuld.

So wart ich · ist auch warten höllenglut.
Nie tadl ich eure lust · ob bös ob gut.

59

If there be nothing new, but that which is
Hath been before, how are our brains beguil'd,
Which, labouring for invention, bear amiss
The second burthen of a former child!

O, that record could with a backward look,
Even of five hundred courses of the sun,
Show me your image in some antique book,
Since mind at first in character was done!

That I might see what the old world could say
To this composed wonder of your frame;
Whether we are mended, or whe'er better they,
Or whether revolution be the same

O, sure I am, the wits of former days
To subjects worse have given admiring praise.

59

Wenn nichts neu ist · schon alles vorher war –
Wie unsre hirne dann betrogen sind!
Sie mühn sich um erfindung . . nicht gewahr
Gehn sie mit zweiter last von früherem kind.

O liess erinnerung mich · rückgewandt
Mehr als fünfhundertmal der sonne gang ·
Dein bildnis sehn in einem alten band
Seitdem zuerst der geist aus zeichen drang!

So säh ich was die welt der Alten sprach
Von deines wunders aufgestelltem bau –
Sind wir verbessert? stehn wir jenen nach?
Gleichen die umwandlungen sich genau?

O ich weiss wohl: die kunst der früheren zeit
Hat schlechterm gegenstand ihr lob geweiht.

60

Like as the waves make towards the pebbled shore,
So do our minutes hasten to their end;
Each changing place with that which goes before
In sequent toil all forwards do contend.

Nativity, once in the main of light,
Crawls to maturity, wherewith being crown'd,
Crooked eclipses 'gainst his glory fight,
And Time that gave doth now his gift confound.

Time doth transfix the flourish set on youth,
And delves the parallels in beauty's brow,
Feeds on the rarities of nature's truth,
And nothing stands but for his scythe to mow.

And yet to times in hope my verse shall stand,
Praising thy worth, despite his cruel hand.

60

Wie wogen drängen nach dem steinigen strand
Ziehn unsre stunden eilig an ihr end
Und jede tauscht mit der die vorher stand
Mühsamen zugs nach vorwärts nötigend.

Geburt · einstmals in einer flut von licht ·
Kriecht bis zur reife . . kaum damit geschmückt ·
Droht schiefe finstrung die den glanz durchbricht
Und Zeit die gab hat ihr geschenk entrückt.

Zeit sticht ins grün der jugend ihre spur
Und höhlt die linie in der schönheit braue ·
Frisst von den kostbarkeiten der natur . .
Nichts ist worein nicht ihre sense haue.

Doch hält mein vers für künftig alter stand ·
Preist deinen wert trotz ihrer grimmen hand.

61

Is it thy will thy image should keep open
My heavy eyelids to the weary night?
Dost thou desire my slumbers should be broken,
While shadows like to thee do mock my sight?

Is it thy spirit that thou send'st from thee
So far from home into my deeds to pry,
To find out shames and idle hours in me,
The scope and tenour of thy jealousy?

O no! thy love, though much, is not so great:
It is my love that keeps mine eye awake;
Mine own true love that doth my rest defeat,
To play the watchman ever for thy sake.

For thee watch I, whilst thou doth wake elsewhere,
From me far off, with others all too near.

61

Ist dein befehl · dein bildnis halte offen
Mein schweres augenlid in trüber nacht?
Und wünschest du · mein schlummer sei durchbrochen
Da mich ein schatten der dir gleicht verlacht?

Ist es dein geist der ausgesandt von dir
So weit vom heim in meinen taten sucht ·
Unehr entdeckt und müssige zeit in mir ·
Der zweck und inhalt deiner eifersucht?

O deine lieb ist sehr · doch nicht so gross . .
Kraft meines liebens nur mein auge wacht.
Mein eignes treues lieben raubt mir bloss
Die rast wenn sichs um dich zum wächter macht.

Ich wache für dich hier und du wachst da ·
Weit von mir weg · mit andren allzunah.

62

Sin of self-love possesseth all mine eye,
And all my soul, and all my every part;
And for this sin there is no remedy,
It is so grounded inward in my heart.

Methinks no face so gracious is as mine,
No shape so true, no truth of such account;
And for myself mine own worth do define,
As I all other in all worths surmount.

But when my glass shows me myself indeed,
Beated and chopp'd with tann'd antiquity,
Mine own self-love quite contrary I read;
Self so self-loving were iniquity.

'Tis thee, myself, that for myself I praise,
Painting my age with beauty of thy days.

62

Der eigenliebe sünde hat jed teil ·
Mein aug wie meine seele in gewalt –
Und wider diese sünde ist kein heil:
Sie hat im innern herzen festen halt.

Kein antlitz das mir so wie meins gefiel' –
So wichtig keine form · so wahr geprägt . .
Ich selbst nur setze meinem wert ein ziel
Der allen wert von allen andren schlägt.

Doch wenn mein spiegel mich zu sehen lehrt ·
Von alters beize eingeknickt · zerfezt:
Les ich die eigenliebe umgekehrt ·
Sich so zu lieben wär verruchtheit jezt.

Du bists · mein Selbst! dich lob ich und ich trage
Mein alter in die schönheit deiner tage.

63

Against my love shall be as I am now,
With Time's injurious hand crush'd and o'erworn,
When hours have drain'd his blood and fill'd his brow
With lines and wrinkles, when his youthful morn

Hath travell'd on to age's steepy night,
And all those beauties whereof now he's king
Are vanishing, or vanish'd out of sight,
Stealing away the treasure of his spring;

For such a time do I now fortify
Against confounding age's cruel knife,
That he shall never cut from memory
My sweet love's beauty, though my lover's life

His beauty shall in these black lines be seen,
And they shall live, and he in them still green.

63

Einst geht es meinem liebsten wie mir jezt.
Ihn drückt und schwächt die Zeit mit rohem schlag.
Wenn sie sein blut verdünnt · die stirn verlezt
Mit strich und runzel · wenn sein jugendtag

Gewandert ist nach alters jäher nacht –
Und alle schönheit der er nun befiehlt
Entschwindende und schon geschwundne pracht ·
Wenn sie ihm seines frühlings schätze stiehlt:

Für solche zeiten sammle ich nun kraft
Dass Alters grimmes schwert ihm ferne bleibt ·
Dass es der welt die schönheit nicht entrafft
Der süssen lieb · ob auch des liebsten leib.

Von seiner schönheit zeugen schwarze reihn:
Sie werden leben und er jung drin sein.

64

When I have seen by Time's fell hand defaced
The rich proud cost of outworn buried age,
When sometime lofty towers I see down razed
And brass eternal slave to mortal rage;

When I have seen the hungry ocean gain
Advantage on the kingdom of the shore,
And the firm soil win of the watery main,
Increasing store with loss, and loss with store;

When I have seen such interchange of state,
Or state itself confounded to decay,
Ruin hath taught me thus to ruminate,
That Time will come and take my love away.

This thought is as a death, which cannot choose
But weep to have that which it fears to lose.

64

Sah ich durch grimme hand der Zeit zerrauft
Reich-stolzen prunk vernuzt begrabner welten
Und sah ich hohe türme die zerschellten
Und ewiges erz der todes-wut verkauft ·

Sah ich das meer mit seinem gierigen mund
Ein stück vom königreich des ufers fassen
Und festen grund entwandt den flutenmassen . .
Schwund wird durch anwachs · anwachs wird durch schwund ·

Sah ich den wechselgang der dinge dort
Und diese dinge selbst verdammt zum übeln ·
Dann lehrten mich die trümmer so zu grübeln:
Zeit kommt und nimmt mir meine liebe fort.

Solch denken ist wie tod das so in not
Weint dass es hat was ihm zu schwinden droht.

65

Since brass, nor stone, nor earth, nor boundless sea,
But sad mortality o'ersways their power,
How with this rage shall beauty hold a plea,
Whose action is no stronger than a flower?

O, how shall summer's honey breath hold out
Against the wrackful siege of battering days,
When rocks impregnable are not so stout,
Nor gates of steel so strong, but Time decays?

O fearful meditation! where, alack,
Shall Time's best jewel from Time's chest lie hid?
Or what strong hand can hold his swift foot back?
Or who his spoil of beauty can forbid?

O, none, unless this miracle have might,
That in black ink my love may still shine bright.

65

Da erz und stein · land und endlose flut
Bewältigt wird von trübem erdentume –
Kommt schönheit je zu wort vor solcher wut
Mit einer macht nicht stärker als der blume?

O wie soll sommers honigduft noch wehn
In stürmischer tage unheilvollem prall ·
Wenn unbewegte felsen nicht bestehn
Und eherne tore in der zeit verfall?

O furchtbarer gedanke! Wo hat schutz
Der zeiten best juwel vorm zeitenstaub?
Welch starke hand beut schnellen füssen trutz?
Verhindert einer je der schönheit raub?

O nie! wird nicht dies wunder offenbar:
Aus schwarzer schrift strahlt meine liebe klar.

66

Tir'd with all these, for restful death I cry:
As, to behold desert a beggar born,
And needy nothing trimm'd in jollity,
And purest faith unhappily forsworn,

And gilded honour shamefully misplac'd,
And maiden virtue rudely strumpeted,
And right perfection wrong fully disgrac'd,
And strength by limping sway disabled,

And art made tongue-tied by authority,
And folly, doctor-like, controlling skill,
And simple truth miscall'd simplicity,
And captive good attending captain ill:

Tir'd with all these, from these would I be gone,
Save that, to die, I leave my love alone.

66

Dies alles müd ruf ich nach todes rast:
Seh ich Verdienst als bettelmann geborn
Und dürftiges Nichts in herrlichkeit gefasst
Und reinsten Glauben unheilvoll verschworn

Und goldne Ehre schändlich missverwandt
Und jungfräuliche Tugend roh geschwächt
Und das Vollkommne ungerecht verbannt
Und Kraft durch lahme lenkung abgeflächt

Und Kunst schwer-zungig vor der obrigkeit
Und Geist vorm doktor Narrheit ohne recht
Und Einfachheit missnannt Einfältigkeit
Und sklave Gut in dienst beim herren Schlecht.

Dies alles müd möcht ich gegangen sein ·
Liess ich nicht · sterbend · meine lieb allein.

67

Ah, wherefore with infection should he live,
And with his presence grace impiety,
That sin by him advantage should achieve,
And lace itself with his society?

Why should false painting imitate his cheek,
And steal dead seeing of his living hue?
Why should poor beauty indirectly seek
Roses of shadow, since his rose is true?

Why should he live, now Nature bankrupt is,
Beggar'd of blood to blush through lively veins?
For she hath no exchequer now but his,
And, proud of many, lives upon his gains.

O, him she stores, to show what wealth she had
In days long since, before these last so bad.

67

Ach warum Er in der verseuchung lebt ·
Den freveln zier durch seine nähe schafft ·
Und sünde sich mit vorteil durch ihn hebt
Und sich verbrämt mit seiner nachbarschaft!

Weshalb sein antlitz falschen malern borgt ·
Verblasstes sehn ihm stiehlt lebendigen glanz
Und arme schönheit auf dem umweg sorgt
Um dunst von rosen! Er ist rose ganz!

Was lebt er bei dem einsturz der Natur
Wo lebensadern betteln gehn um blut?
Sie hat kein schatzhaus als das seine nur.
Sie · stolz auf viele · lebt von seinem gut.

Ihn hält sie zum beweis wie reich besezt
Sie war in früherm jahr vorm schlechten jezt.

68

Thus is his cheek the map of days outworn,
When beauty liv'd and died as flowers do now,
Before these bastard signs of fair were born,
Or durst inhabit on a living brow;

Before the golden tresses of the dead,
The right of sepulchres, were shorn away,
To live a second life on second head,
Ere beauty's dead fleece made another gay.

In him those holy antique hours are seen,
Without all ornament, itself and true,
Making no summer of another's green,
Robbing no old to dress his beauty new;

And him as for a map doth Nature store,
To show false Art what beauty was of yore.

68

Sein antlitz gibt das bild von fernen tagen
Als schönheit lebt' und starb wie blumen nun ·
Eh diese bastardzeichen sie getragen
Und wagte auf lebendige stirn zu tun.

Eh von den toten man den goldnen schopf ·
Das recht der grabesstätten · scheren liess
Zum zweiten leben auf dem zweiten kopf ·
Eh man geprunkt mit toter schönheit vliess.

In ihm die heiligen alten stunden blühn ·
Ohn allen zierat · für sich selbst und treu.
Sie machten keinen lenz mit andrem grün ·
Kein raub von altem schmückte schönheit neu.

Mit ihm hält die Natur ein bild empor
Der falschen kunst was schönheit war zuvor.

69

Those parts of thee that the world's eye doth view
Want nothing that the thought of hearts can mend;
All tongues, the voice of souls, give thee that due,
Uttering bare truth, even so as foes commend.

Thy outward thus with outward praise is crown'd;
But those same tongues that give thee so thine own,
In other accents do this praise confound
By seeing farther than the eye hath shown.

They look into the beauty of thy mind,
And that, in guess, they measure by thy deeds;
Then, churls, their thoughts, although their eye were kind,
To thy fair flower add the rank smell of weeds.

But why thy odour matcheth not thy show,
The soil is this, that thou dost common grow.

69

Dem teil an dir auf das die welt hinschaut
Fehlt nichts was herzens sinn verbessern könnt . .
Dies sagt dir aller mund · der seelen laut ·
Nur wahrheit kündend die der feind selbst gönnt.

Dein äussres ist mit äussrem preis gekrönt ·
Doch alle die dein recht so zugestehn
Verdrehn dies lob mit wort das anders tönt
Beim weiterdringen als die augen sehn.

Sie spähn nach schönheit aus in deinem Geist ·
Und tun nach deinen taten ihren spruch . .
War auch ihr auge mild: ihr sinn fügt dreist
Zu holder blume geilen unkrauts ruch.

Nicht ist dein aussehn und dein duft im bund.
Die ursach ist: du wächst auf aller grund.

70

That thou art blam'd shall not be thy defect,
For slander's mark was ever yet the fair;
The ornament of beauty is suspect,
A crow that flies in heaven's sweetest air.

So thou be good, slander doth but approve
Thy worth the greater, being woo'd of time;
For canker vice the sweetest buds doth love,
And thou present'st a pure unstained prime.

Thou hast pass'd by the ambush of young days,
Either not assail'd, or victor being charg'd,
Yet this thy praise cannot be so thy praise,
To tie up envy evermore enlarg'd.

If some suspect of ill mask'd not thy show,
Then thou alone kingdoms of hearts shouldst owe.

70

Dir sei kein vorwurf wenn sie schmähn gemacht ·
Da die verleumdung gern das holde sticht.
Die schönheit hat zum zierat den verdacht ·
Die krähe fliegt in himmels schönstes licht.

Verleumdung macht den wert dir · wenn du gut ·
Nur grösser · dir umworben von der zeit:
Denn lasters wurm in süssten knospen ruht . .
Doch ist dein frühling rein und unentweiht.

Du gingst aus junger tage hinterhalt –
Seis nicht bestürmt · seis siegend im gefecht.
Doch hat dein preis nicht so als preis gewalt
Dass er den neid hemmt der sich stets erfrecht.

Verhüllte nicht der argwohn deinen ruhm:
Du hättest aller herzen königtum.

71

No longer mourn for me when I am dead
Than you shall hear the surly sullen bell
Give warning to the world that I am fled
From this vile world, with vilest worms to dwell.

Nay, if you read this line, remember not
The hand that writ it; for I love you so,
That I in your sweet thoughts would be forgot,
If thinking on me then should make you woe.

O if, I say, you look upon this verse,
When I perhaps compounded am with clay,
Do not so much as my poor name rehearse,
But let your love even with my life decay;

Lest the wise world should look into your moan,
And mock you with me after I am gone.

71

Nicht länger klage um mich wenn ich tot
Als du die glocke hörst die grämlich-graus
Der welt die kunde meines weggangs bot
Aus feiler welt zu feilster würmer haus.

Ja liest du diese reihn · sei ausser frag
Die hand die schrieb! Dich lieb ich so dass eh
Dein süsses denken mich vergessen mag
Als dass du meiner denkend fühlst ein weh.

O · sag ich · siehst du dann auf dies gedicht
Wenn ich vielleicht verschüttet bin mit staub:
Dann nenn auch meinen armen namen nicht ·
Dein lieben schwinde mit des lebens raub.

Sonst sieht die welt klug auf dein klagen hin ·
Höhnt dich mit mir wenn ich von hinnen bin.

72

O lest the world should task you to recite
What merit liv'd in me, that you should love,
After my death, dear love, forget me quite,
For you in me can nothing worthy prove;

Unless you would devise some virtuous lie,
To do more for me than mine own desert,
And hang more praise upon deceased I
Than niggard truth would willingly impart:

O, lest your true love may seem false in this,
That you for love speak well of me untrue,
My name be buried where my body is,
And live no more to shame nor me nor you.

For I am sham'd by that which I bring forth,
And so should you, to love things nothing worth.

72

Auf dass die welt kein wort von euch begehr
Was mein verdienst war dass ihr mich noch liebt
Nach meinem tod: mein freund · denkt mein nicht mehr
Da sich aus mir nichts würdiges ergibt.

Es sei denn ihr ersännet frommen lug
Um mehr für mich zu tun als ziemlich ist
Und lobet mich nach meinem weiterzug
Mehr als die karge wahrheit gern bemisst.

Würd eure wahre liebe falsch darin
Dass sie aus lieb unwahr gut von mir spricht:
Legt meinen namen wo mein leib ist hin ·
Und euch wie mir zur scham verbleib er nicht!

Ich bin beschämt durch das was ich vollbring . .
Ihr müsst es sein · liebt ihr ein wertlos ding.

73

That time of year thou mayst in me behold
When yellow leaves, or none, or few, do hang
Upon those boughs which shake against the cold,
Bare ruin'd choirs, where late the sweet birds sang.

In me thou see'st the twilight of such day
As after sunset fadeth in the west;
Which by and by black night doth take away,
Death's second self, that seals up all in rest

In me thou seest the glowing of such fire,
That on the ashes of his youth doth lie,
As the death-bed whereon it must expire
Consum'd with that which it was nourish'd by.

This thou perceiv'st, which makes thy love more strong,
To love that well which thou must leave ere long.

73

Die zeit des jahres magst du in mir sehn
Wo gelbe blätter · keine · wenige hangen
Auf diesen ästen die im wind sich drehn ·
Chor-trümmer kahl wo einst die vögel sangen.

In mir siehst du zwielicht von solchem tag
Der nach der sonne weggang bleicht im west ·
Das schwarze nacht gar bald entführen mag . .
Zwilling des tods umhüllt sie alles fest.

In mir siehst du das brennen solcher glut
Die auf den aschen ihrer jugend schwebt
Wie auf dem totenbett wo sie bald ruht –
Durch das verzehrt wovon sie einst gelebt.

Dein lieben wächst · wirst du dir des bewusst ·
Und du liebst wohl was du bald lassen musst.

74

But be contented. When that fell arrest
Without all bail shall carry me away,
My life hath in this line some interest,
Which for memorial still with thee shall stay.

When thou reviewest this, thou dost review
The very part was consecrate to thee:
The earth can have but earth, which is his due;
My spirit is thine, the better part of me:

So then thou hast but lost the dregs of life,
The prey of worms, my body being dead;
The coward conquest of a wretch's knife,
Too base of thee to be remembered.

The worth of that is that which it contains,
And that is this, and this with thee remains.

74

Doch sei zufrieden · wenn der grause spruch
Ohn allen aufschub mich von dannen treibt:
So hat mein leben wert in diesem buch
Das noch als angedenken bei dir bleibt.

Du siehst wenn du es übersiehst hinfür:
Den grössren anteil widmete ich dir.
Die erd erhält nur erde als gebühr ·
Mein geist ist dein · der bessre teil von mir.

So hast du nur verloren wenn ich starb
Des lebens hefe · fürs gewürm den rest ·
Die beute die ein meuchler feig erwarb –
Zu schlecht als dass du dich erinnertest.

Der wert von jenem ist was ihm entschwebt
Und das ist dieses hier: was mit dir lebt.

75

So are you to my thoughts as food to life,
Or as sweet-season'd showers are to the ground;
And for the peace of you I hold such strife
As 'twixt a miser and his wealth is found:

Now proud as an enjoyer, and anon
Doubting the filching age will steal his treasure;
Now counting best to be with you alone,
Then better'd that the world may see my pleasure;

Sometime all full with feasting on your sight,
And by and by clean starved for a look;
Possessing or pursuing no delight
Save what is had or must from you be took.

Thus do I pine and surfeit day by day,
Or gluttoning on all, or all away.

75

So bist du meinem sinn wie brot dem leibe ·
Wie süss gewürzter regen ist fürs feld.
Ich der ums glück in dir in kämpfen treibe ·
Wie es dem geizhals geht mit seinem geld ·

Bin bald wie ein geniesser stolz · bald bang
Dass diebisches alter seine schätze raube.
Bald wünsch ich dich mir zum allein-empfang ·
Bald möcht ich dass die welt mein glück auch glaube.

Oft schwelg ich voll in deinem angesicht
Und dann verhungr ich rein um einen blick.
Und andre lust besitz und such ich nicht
Als mich aus dir heisst nehmen das geschick.

So bin ich täglich trunken und verdorrt ·
An allem schlemmend oder alles fort.

76

Why is my verse so barren of new pride,
So far from variation or quick change?
Why with the time do I not glance aside
To new-found methods, and to compounds strange?

Why write I still all one, ever the same,
And keep invention in a noted weed,
That every word doth almost tell my name,
Showing their birth, and where they did proceed?

O know sweet love, I always write of you,
And you and love are still my argument.
So all my best is dressing old words new,
Spending again what is already spent;

For as the sun is daily new and old,
So is my love still telling what is told.

76

Was ist mein vers an neuer pracht so leer ·
Von wechsel fern und schneller änderung?
Was schiel ich mit der zeit nicht auch umher
Nach neuer art und seltner fertigung.

Was ich nur stets das gleiche schreib · das eine ·
Erfindung halt im üblichen gewand?
Dass fast aus jedem wort mein name scheine ·
Die herkunft zeigend und wie es entstand?

O süsses lieb · ich schreibe stets von dir
Und du und liebe · ihr seid noch mein plan . .
Mein bestes: altes wort in neuer zier:
Dies tu ich immer · ists auch schon getan.

So wie die sonne täglich alt und neu
Sagt mein liebe schon gesagtes treu.

77

Thy glass will show thee how thy beauties wear,
Thy dial how thy precious minutes waste;
The vacant leaves thy mind's imprint will bear.
And of this book this learning mayst thou taste,

The wrinkles which thy glass will truly show
Of mouthed graves will give thee memory;
Thou by thy dials's shady stealth mayst know
Time's thievish progress to eternity.

Look, what thy memory cannot contain,
Commit to these waste blanks, and thou shalt find
Those children nurs'd, deliver'd from thy brain,
To take a new acquaintance of thy mind.

These offices, so oft as thou wilt look,
Shall profit thee and much enrich thy book.

77

Dein spiegel zeigt dir: so zerreisst dein schmuck ·
Dein zeiger: deine kostbarn stunden fliehn.
Dies leere buch für deines geistes druck –
Aus seinen blättern magst du lehre ziehn:

Die runzeln die dein spiegel treu erweist
Sie mahnen dich an gräber gähnend weit ·
Und durch des zeigers schattig schleichen weisst
Du diebischen lauf der zeit zur ewigkeit.

Was du nicht festhältst hinter deiner stirn
Gib diesen leeren blättern: und einst siehst
Du diese kinder gross aus deinem hirn
Mit denen neu dein geist bekanntschaft schliesst.

Zu diesem werk mach häufig den versuch:
Dir bringt es nutz und reichtum deinem buch.

78

So oft have I invok'd thee for my Muse,
And found such fair assistance in my verse,
As every alien pen hath got my use,
And under thee their poesy disperse.

Thine eyes, that taught the dumb on high to sing,
And heavy ignorance aloft to fly,
Have added feathers to the learned's wing,
And given grace a double majesty.

Yet be most proud of that which I compile,
Whose influence is thine, and born of thee:
In others' works thou dost but mend the style,
And arts with thy sweet graces graced be;

But thou art all my art, and dost advance
As high as learning my rude ignorance.

78

Oft fleht ich dich als meine muse an
Und fand so schöne hilfe für mein lied
Dass mir manch andrer kiel es nachgetan:
Sein dichten unter deinen schutz beschied.

Dein auge wies den dumpfen hoch zu singen
Und schwere unkenntnis hinaufzufliehn ·
Hat federn zugefügt des weisen schwingen ·
Der anmut zwiefach herrlichkeit verliehn.

Doch meist sei stolz auf Mein gereimtes spiel:
Es hängt von dir ab · ist gezeugt von dir.
In andrer werken feilst du bloss den stil ·
Verzierest kunst mit deiner süssen zier:

All Meine kunst bist du und trägst soweit
Wie kenntnis meine rohe unweisheit.

79

Whilst I alone did call upon thy aid,
My verse alone had all thy gentle grace:
But now my gracious numbers are decay'd,
And my sick Muse doth give another place.

I grant, sweet love, thy lovely argument
Deserves the travail of a worthier pen;
Yet what of thee thy poet doth invent
He robs thee of, and pays it thee again.

He lends thee virtue, and he stole that word
From thy behaviour; beauty doth he give,
And found it in thy cheek; he can afford
No praise to thee but what in thee doth live.

Then thank him not for that which he doth say,
Since what he owes thee thou thyself dost pay.

79

Als ich allein um deine hilfe rief
War meiner schrift allein dein edler strich
Nun stehen meine artigen zeilen schief
Und meine kranke muse andren wich.

Ich weiss · süss Lieb · dein lieblicher gehalt
Verdient das werk von würdigerem reim ·
Doch was von dir aus deinem dichter schallt
Das raubt er dir und zahlt dir wieder heim.

Er leiht dir tugend und er stahl dies wort
Von deiner haltung . . der die schönheit bringt
Fand sie auf deiner wange . . er gibt fort
An dich kein andres lob als dir entspringt.

Drum danke ihm für das nicht was er schreibt:
Du zahlst ja selbst was er dir schuldig bleibt.

80

O how I faint when I of you do write,
Knowing a better spirit doth use your name,
And in the praise thereof spends all his might,
To make me tongue-tied, speaking of your fame!

But since your worth, wide as the ocean is,
The humble as the proudest sail doth bear,
My saucy bark, inferior far to his,
On your broad main doth wilfully appear.

Your shallowest help will hold me up afloat,
Whilst he upon your soundless deep doth ride;
Or, being wrack'd, I am a worthless boat,
He of tall building and of goodly pride:

Then if he thrive, and I be cast away,
The worst was this: my love was my decay.

80

Wie fehlt mirs wenn ich von Dir schreib an kraft!
Ich weiss dem bessern geiste dient dein nam
Zu dessen preis mit aller macht er schafft –
Da er dich rühmt macht er mich zungenlahm.

An weite gleicht dein wert dem ozean
Der schwache so wie stolze segel führt ·
Auf dem mein dreister und viel mindrer kahn
Sich gern in deinen breiten wellen rührt.

Mich hältst du mit der schwächsten hilfe flott ·
Er zieht auf deiner unermessnen flut . .
Und treib ich als ein boot zerschellt zum spott ·
Ist *er* von hohem bau und wackrem mut.

Dies ist wenn ers erreicht und ich verdarb
Das schlimmste: dass ich durch mein lieben starb.

81

Or I shall live your epitaph to make,
Or you survive when I in earth am rotten.
From hence your memory death cannot take,
Although in me each part will be forgotten.

Your name from hence immortal life shall have,
Though I, once gone, to all the world must die.
The earth can yield me but a common grave,
When you entombed in men's eyes shall lie.

Your monument shall be my gentle verse,
Which eyes not yet created shall o'er-read,
And tongues to be your being shall rehearse,
When all the breathers of this world are dead.

You still shall live – such virtue hath my pen –
Where breath most breathes, even in the mouths of men.

81

Ob ich einst deine grabschrift machen werde ·
Ob du fortlebst · lieg ich in staub zerfressen:
Kein tod raubt deinen namen von der erde ·
Ist auch von mir ein jeder teil vergessen.

Wenn dann dein nam unsterblich lebt: so hab
Ich · einmal tot · niemand der mein gedenkt.
Mir gibt die erde nur ein alltagsgrab ·
Du lebst in aller menschen blick gesenkt.

Du hast als denkmal dann mein zart gedicht
Das heut noch unerschaffne augen lesen.
In spätren zungen dann dein wesen spricht
Wenn alle haucher dieser zeit verwesen.

Dann lebst du noch – mein wirken ist der grund –
Wo hauch am meisten haucht: in menschenmund.

82

I grant thou wert not married to my Muse,
And therefore mayst without attaint o'erlook
The dedicated words which writers use
Of their fair subject, blessing every book.

Thou art as fair in knowledge as in hue,
Finding thy worth a limit past my praise;
And therefore art enforc'd to seek anew
Some fresher stamp of the time-bettering days.

And do so, love; yet when they have devis'd
What strained touches rhetoric can lend,
Thou truly fair wert truly sympathiz'd
In true plain words by thy true-telling friend;

And their gross painting might be better us'd,
Where cheeks need blood; in thee it is abus'd.

82

Du bist mit meiner muse nicht vermählt ·
Drum magst du schauen ohne widerspruch
Der widmung worte die so mancher wählt
Fürs schöne vorbild · segen jedem buch.

Du bist so schön in weisheit wie in form
Und hältst für deinen wert mein wort gering.
Deshalb bist du gezwungen neue norm
Zu suchen in der zeit die vorwärts ging.

Ja tu das · Lieb. Doch zeigten sie auch offen
Welch mühsam werk dem redeprunk gelingt:
So hat dich wahrhaft schönen wahr getroffen
Mit schlichtem wort dein freund der wahres bringt.

Mit ihrem groben färben sei verhehlt
Blutlose wange; bei dir ists verfehlt.

83

I never saw that you did painting need,
And therefore to your fair no painting set;
I found, or thought I found, you did exceed
The barren tender of a poet's debt;

And therefore have I slept in your report,
That you your self, being extant, well might show
How far a modern quill doth come too short,
Speaking of worth, what worth in you doth grow.

This silence for my sin you did impute,
Which shall be most my glory, being dumb;
For I impair not beauty, being mute,
When others would give life, and bring a tomb

There lives more life in one of your fair eyes,
Than both your poets can in praise devise.

83

Ich sah noch nie · euch wäre färbung not
Und darum färbt ich eure schönheit nicht.
Ich fand – mir schien · ich fand – sie überbot
Den dürftigen antrag einer dichter-pflicht.

Drum schlief ich und hab nichts von euch gesagt
Damit ihr der ihr daseid selber zeigt
Wie eine alltagsfeder zuviel wagt ·
Spricht sie mit wert vom wert der aus euch steigt.

Dies schweigen kam euch vor als böser wille . .
Doch mir zum grössten ruhme blieb ich stumm.
Ich schadete der schönheit nicht durch stille
Sie die beleben wollten brachten um.

Mehr leben gibt eins eurer schönen augen
Als eurer beiden dichter hymnen taugen.

84

Who is it that says most, which can say more
Than this rich praise, that you alone are you?
In whose confine immured is the store
Which should example where your equal grew?

Lean penury within that pen doth dwell
That to his subject lends not some small glory;
But he that writes of you, if he can tell
That you are you, so dignifies his story.

Let him but copy what in you is writ,
Not making worse what nature made so clear,
And such a counterpart shall fame his wit,
Making his style admired every where.

You to your beauteous blessings add a curse,
Being fond on praise, which makes your praises worse.

84

Wer spricht am meisten und was spricht so gut
Als dieses reiche lob: ihr nur seid ihr?
In wessen mauern liegt der schatz in hut ·
Ein gegenstück zu euresgleichen hier?

Armseligkeit in jener feder wohnt
Die ihrem stoff nicht etwas glanz verleihe.
Doch wer von euch schreibt · wenn er nur betont ·
Ihr wäret ihr · gibt seinem wort die weihe.

Er schreibe einfach ab was in euch steht ·
Verschlechtre nicht was klar natur erschuf –
Und solch ein ebenbild rühmt ihn beredt ·
Bringt seinen stil an jedem ort in ruf.

Ihr fügt zu eurem holden segen fluch ·
Liebt was eur lob verringert: lobes spruch.

85

My tongue-tied Muse in manners holds her still,
While comments of your praise, richly compil'd,
Reserve their character with golden quill,
And precious phrase by all the Muses fil'd.

I think good thoughts, whilst other write good words,
And like unletter'd clerk still cry ›Amen‹
To every hymn that able spirit affords,
In polish'd form of well-refined pen.

Hearing you prais'd, I say, ›'Tis so, 'tis true‹,
And to the most of praise add something more;
But that is in my thought, whose love to you,
Though words come hindmost, holds his rank before.

Then others for the breath of words respect,
Me for my dumb thoughts, speaking in effect.

85

Mir schweigt die Muse · macht nicht wesens viel
Da deines lobs berichte reich verteilt
Ihr wesen festigen mit goldnem kiel
Und sätzeschmuck von allen Neun gefeilt.

Ich sinne gut und andre schreiben gut.
Wie mesner aus dem volk ruf ich nur amen
Zu jedem preislied das ein fähiger tut
Mit wolverfeinter schrift in glatten rahmen.

Hör ich dein lob · so sag ich ›ja 's ist wahr‹
Und setz aufs meiste lob noch etwas mehr . .
Doch nur im sinn – des liebe zu euch zwar
An wort zulezt kommt · doch an rang weit ehr.

Gib andren für ihr schallend wort gewicht ·
Mir für mein dumpf gesinn draus wahrheit spricht.

86

Was it the proud full sail of his great verse,
Bound for the prize of all too precious you,
That did my ripe thoughts in my brain inhearse,
Making their tomb the womb wherein they grew?

Was it his spirit, by spirits taught to write
Above a mortal pitch, that struck me dead?
No, neither he, nor his compeers by night
Giving him aid, my verse astonished.

He, nor that affable familiar ghost
Which nightly gulls him with intelligence,
As victors, of my silence cannot boast:
I was not sick of any fear from thence.

But when your countenance fill'd up his line,
The lack'd I matter, that enfeebled mine.

86

Tat dies sein prächtig segelnd grosses lied ·
Das auszog um eur allzukostbar lob –
Dass reifer plan in meinem hirn verschied ·
Zu gruft der grund ward draus er sich erhob?

War es sein geist der geistes lehr genoss
Weit über menschenhöh · was mich zerhieb? . .
Nicht er vermocht es noch sein nächtiger tross ·
Sein helfer · dass mein lied verschüchtert blieb.

Dass Er nicht noch sein häuslich gütiger geist
Der nächtens ihn mit eingebungen narrt
Sich als mein sieger · der mich stumm macht · preist!
Ich war von derart ängsten nicht erstarrt.

Doch euer ansehn füllte seine reihn:
Da ging ich leer aus – meine wurden klein.

87

Farewell! thou art too dear for my possessing,
And like enough thou know'st thy estimate.
The charter of thy worth gives thee releasing;
My bonds in thee are all determinate.

For how do I hold thee but by thy granting?
And for that riches where is my deserving?
The cause of this fair gift in me is wanting,
And so my patent back again is swerving.

Thyself thou gav'st, thy own worth then not knowing,
Or me, to whom thou gav'st it, else mistaking;
So thy great gift, upon misprision growing,
Comes home again, on better judgment making.

Thus have I had thee, as a dream doth flatter,
In sleep a king, but waking no such matter.

87

Lebwohl! zu teuer ist dein besitz für mich
Und du weisst wohl wie schwer du bist zu kaufen . .
Der freibrief deines werts entbindet dich . .
Mein recht auf dich ist völlig abgelaufen.

Wie hab ich dich · wenn nicht durch dein gewähren?
Verdien ich was von deinen schätzen allen?
Aus mir ist nicht dein schenken zu erklären . .
So ist mein gnadenlehn anheimgefallen.

Du gabst dich damals · deinen wert nicht sehend –
Vielleicht auch dem du gabst · mich · anders nehmend.
Dein gross geschenk · aus irrtum nur entstehend ·
Kehrt heimwärts bessrem urteil sich bequemend.

So hatt ich dich wie träume die beschleichen –
Im schlaf ein fürst · doch wachend nichts dergleichen.

88

When thou shalt be dispos'd to set me light,
And place my merit in the eye of scorn,
Upon thy side against myself I'll fight,
And prove thee virtuous, though thou art forsworn.

With mine own weakness, being best acquainted,
Upon thy part I can set down a story
Of faults conceal'd, wherein I am attainted,
That thou in losing me shalt win much glory.

And I by this will be a gainer too;
For bending all my loving thoughts on thee,
The injuries that to myself I do,
Doing thee vantage, double-vantage me.

Such is my love, to thee I so belong,
That for thy right myself will bear all wrong.

88

Hast du einst mich gering zu achten lust ·
Und stellest mein verdienst vors aug des neids:
Kämpf ich für dich zum eigenen verlust ·
Nenn ich dich gut trotz deines falschen eids.

Ich lege selbst die eigne schwäche offen
Zu deinem nutzen – selbst am besten wissend
Was an verborgnen fehlern mich betroffen . .
Und vielen glanz erwirbst du · mich vermissend.

Und ich bin ein gewinner noch dazu.
Mit allen sinnen neig ich ja zu dir . .
Und gibt die unbill die ich selbst mir tu
Dir vorteil: gibt sie doppel-vorteil mir.

So ist mein lieben · so bin ich dein knecht
Dass ich jed falsch ertrage für dein recht.

89

Say that thou didst forsake me for some fault,
And I will comment upon that offence:
Speak of my lameness, and I straight will halt,
Against thy reasons making no defence.

Thou canst not, love, disgrace me half so ill,
To set a form upon desired change,
As I'll myself disgrace: knowing thy will,
I will acquaintance strangle and look strange;

Be absent from thy walks; and in my tongue
Thy sweet beloved name no more shall dwell,
Lest I, too much profane, should do it wrong
And haply of our old acquaintance tell.

For thee, against myself I'll vow debate,
For I must ne'er love him whom thou dost hate.

89

Sag · du verliessest mich um einen fehl ·
Und ich entschuldige dich für diesen schlag.
Sag · ich sei lahm · so hink ich auf befehl
Da ich mit deinem grund nicht rechten mag.

Du · Lieb · verstössest mich nicht halb so schlimm
Um dem erwünschten wechsel form zu leihn
Als ich mich selbst verstosse . . du bestimm!
So töt ich freundschaft · schau als fremder drein.

Bin fern von deinen wegen . . nie mehr sei
Dein süss geliebter nam auf meinem mund
Dass ich Unheiliger ihn nicht entweih . .
Und etwa künde unsren alten bund.

Dich schützend stoss ich nach der eignen brust ·
Ich darf nicht lieben den du hassen musst.

90

Then hate me when thou wilt; if ever, now;
Now, while the world is bent my deeds to cross,
Join with the spite of fortune, make me bow,
And do not drop in for an after-loss.

Ah, do not, when my heart hath 'scaped this sorrow,
Come in the rearward of a conquer'd woe;
Give not a windy night a rainy morrow,
To linger out a purpos'd overthrow.

If thou wilt leave me, do not leave me last,
When other petty griefs have done their spite,
But in the onset come: so shall I taste
At first the very worst of fortune's might;

And other strains of woe, which now seem woe,
Compar'd with loss of thee will not seem so.

90

Nun hass mich wenn du willst! wenn je · so jezt:
Jezt wo die welt mein werk durchquert mit lust.
Erdrück mich · hilf dem schicksal das mich hezt
Und komm mir nicht mit einem nachverlust.

Ach · wenn mein herz entronnen seinen sorgen
Fall in den rücken nicht besiegtem leid!
Gib nicht zur wind-nacht einen regen-morgen ·
Verzögre nicht verdammenden bescheid.

Willst du mich lassen · lass mich nicht am schluss
Wenn schon manch kleines leid sein werk vollbracht . .
Komm beim beginn wo ich gleich kosten muss
Das allerschlimmste von des schicksals macht.

Und mach ein weh · scheint es auch jezt als eins ·
Gemessen am verlust von dir · ist keins.

91

Some glory in their birth, some in their skill,
Some in their wealth, some in their body's force;
Some in their garments, though new-fangled ill;
Some in their hawks and hounds, some in their horse;

And every humour hath his adjunct pleasure,
Wherein it finds a joy above the rest.
But these particulars are not my measure;
All these I better in one general best.

Thy love is better than high birth to me,
Richer than wealth, prouder than garments' cost,
Of more delight than hawks or horses be;
And having thee, of all men's pride I boast;

Wretched in this alone, that thou mayst take
All this away, and me most wretched make.

91

Der pocht auf kunst · der auf vermögensstand ·
Der auf des körpers kraft · der auf geblüt ·
Der auf ein schlecht-neumodisches gewand
Und der auf hund und habicht und gestüt.

Jed wesen hat sein zugeteilt vergnügen
Darin es freude sucht mehr als im reste . .
Ich aber frage nichts nach einzelzügen ·
Ich: besser als sie all durchs Eine Beste.

Besser als blut ist deine liebe mir ·
Reicher als gut · stolzer als köstlich kleid ·
Ist mehr als hund und habicht meine zier ·
Und bist du mein · prang ich zu aller neid . .

Elend nur darin dass du nehmen magst
All dies – und mich ins grösste elend jagst.

92

But do thy worst to steal thyself away,
For term of life thou art assured mine;
And life no longer than thy love will stay,
For it depends upon that love of thine.

Then need I not to fear the worst of wrongs,
When in the least of them my life hath end.
I see a better state to me belongs
Than that which on thy humour doth depend.

Thou canst not vex me with inconstant mind,
Since that my life on thy revolt doth lie.
O what a happy title do I find,
Happy to have they love, happy to die!

But what's so blessed-fair that fears no blot?
Thou mayst be false, and yet I know it not.

92

Doch tu dein schlimmstes nur: stiehl dich hinaus!
Für lebens frist bist du gesichert mein.
Mit deiner liebe geht mein leben aus:
Es ist gebunden an die liebe dein.

Wie hätt ich also furcht vorm schlimmsten weh
Wenn durch ein kleinstes schon mein leben fällt?
Ein bessres los ist was ich vor mir seh
Als dies das sich an deine laune hält.

Nicht kränken kannst du mich mit unbestand
Wenn durch dein weggehn schon mein leben floh!
O was ich für ein frohes anrecht fand:
Froh dich zu lieben und zu sterben froh!

Doch gibts ein selig-schön dem nichts gebricht?
Du magst mir falsch sein und ich weiss es nicht.

93

So shall I live, supposing thou art true,
Like a deceived husband; so love's face
May still seem love to me, though alter'd new;
Thy looks with me, thy heart in other place.

For there can live no hatred in thine eye;
Therefore in that I cannot know thy change.
In many's looks the false heart's history
Is writ in moods and frowns and wrinkles strange;

But heaven in thy creation did decree
That in thy face sweet love should ever dwell;
Whate'er thy thoughts or thy heart's workings be,
Thy looks should nothing thence but sweetness tell.

How like Eve's apple doth thy beauty grow,
If thy sweet virtue answer not thy show!

93

So werd ich leben · meinend · du wärst treu ·
Wie ein getäuschter gatte . . dem gesicht
Der Liebe will ich traun · schaut es auch neu . .
Dein aug ist bei mir und dein herz ists nicht.

Denn leben kann kein hass in deinem blick ·
Weshalb ich deinen wechsel nie erfahr . .
In mancher augen steht des lugs chronik
In blinzeln zucken rollen sonderbar.

Jedoch der himmel der dich schuf hat stet
Dein antlitz süsser liebe sitz geweiht.
Was auch dein sinn · was auch dein herz begeht:
Dein auge sage nichts als süssigkeit.

Dein reiz wird wie der apfel Evas sein ·
Gleicht deine süsse tugend nicht dem schein.

94

They that have power to hurt, and will do none,
That do not do the thing they most do show,
Who moving others, are themselves as stone,
Unmoved, cold, and to temptation slow;

They rightly do inherit heaven's graces,
And husband nature's riches from expense;
They are the lords and owners of their faces,
Others but stewards of their excellence.

The summer's flower is to the summer sweet,
Though to itself it only live and die;
But if that flower with base infection meet,
The basest weed outbraves his dignity.

For sweetest things turn sourest by their deeds:
Lilies that fester smell far worse than weeds.

94

Wer macht zu schaden hat und schränkt sie ein ·
Wer das nicht tut was meist er trägt zur schau ·
Wer andre rührend selber ist wie stein
Unrührbar kalt und bei versuchung flau:

Der nimmt mit recht besitz von himmels gaben ·
Und spart der erde schatz dass er nicht schwinde ·
Der darf sein gut als herr und eigner haben –
die andern sind nur seiner pracht gesinde.

Des sommers blume ist dem sommer lieb ·
Sie · ob auch nur für sich frisch oder tot . .
Jedoch befällt die blume schnöder trieb ·
Wird von dem ärmsten gras ihr glanz bedroht.

Denn süssestem ist herbster fall gemäss.
Lilie die fault riecht übler als gegräs.

95

How sweet and lovely dost thou make the shame
Which, like a canker in the fragrant rose,
Doth spot the beauty of my budding name!
O, in what sweets dost thou thy sins enclose!

That tongue that tells the story of thy days,
Making lascivious comments on thy sport,
Cannot dispraise but in a kind of praise;
Naming thy name blesses an ill report.

O, what a mansion have those vices got
Which for their habitation chose out thee,
Where beauty's veil doth cover every blot,
And all things turn to fair that eyes can see!

Take heed, dear heart, of this large privilege;
The hardest knife ill-us'd doth lose his edge.

95

Wie süss und lieblich machst du gar die schmach
Die wie der wurm in einer duftigen rose
Die schönheit deines blühenden namens stach!
Wie süss umhüllest du das sittenlose!

Wer deinen taglauf und · unzüchtigerweis
Auslegend · deinen zeitvertreib bespricht:
Kann tadeln nur mit einer art von preis . .
Dein name segnet widrigen bericht.

Für solche laster – o welch ein versteck
Die dich sich ausgesucht zu ihrem haus!
Der schönheit schleier schwebt auf jedem fleck
Und schön fällt jeglich ding fürs auge aus.

Dich mahne · teures herz · solch ein triumf:
Die schärfste schneide schlecht gebraucht wird stumpf.

96

Some say thy fault is youth, some wantonness;
Some say thy grace is youth and gentle sport;
Both grace and faults are lov'd of more and less:
Thou mak'st faults graces that to thee resort.

As on the finger of a throned queen
The basest jewel will be well esteem'd,
So are those errors that in thee are seen
To truths translated and for true things deem'd.

How many lambs might the stern wolf betray,
If like a lamb he could his looks translate!
How many gazers mightst thou lead away,
If thou wouldst use the strength of all thy state!

But do not so; I love thee in such sort,
As, thou being mine, mine is thy good report.

96

Der sagt · dein fehl sei jugend · loser streich ·
Der sagt · dein reiz sei jugend · edles spiel ·
Und reiz und fehl liebt man bei arm und reich.
Du machst zum reiz den fehl der dich befiel.

Wie an der fürstin hand in voller zier
Das ärmste kleinod wird als wert betrachtet ·
So setzen sich die irrtümer an dir
in wahrheit um und sind als wahr geachtet.

Wie manches lamm der wilde wolf betröge ·
Könnt als ein lamm er seinen blick verdrehn!
Wie mancher schauende hintennach dir zöge
Wenn du die volle stärke liessest sehn!

Doch tu dies nicht – derart ist unser bund:
Mein da du mein bist ist auch dein leumund.

97

How like a winter hath my absence been
From thee, the pleasure of the fleeting year!
What freezings have I felt, what dark days seen!
What old December's bareness every where!

And yet this time remov'd was summer's time;
The teeming autumn, big with rich increase,
Bearing the wanton burden of the prime,
Like widow'd wombs after their lords' decease.

Yet this abundant issue seem'd to me
But hope of orphans and unfather'd fruit;
For summer and his pleasures wait on thee,
And, thou away, the very birds are mute;

Or, if they sing, 'tis with so dull a cheer,
That leaves look pale, dreading the winter's near.

97

Gleich einem winter war mir meine ferne
Von dir · entzücken du vom flüchtigen jahr!
Wie fühlt ich frost! verdunkelt sahn die sterne ·
Und überall dezember alt und bar!

Doch waren sommers zeiten die entlegnen:
Der trächtige herbst · mit reicher schwellung gross ·
Trug von dem sommer her das üppige segnen
Wie nach des gatten tod der witwe schooss.

Doch dieser volle ausbruch deuchte mir
Hoffnung von waisen · vaterlose frucht –
Denn sommer und sein reichtum warten dir
Und vögel werden stumm bei deiner flucht.

Doch wenn sie singen ist so trüb der laut
Dass bleich das laub wird dem vorm winter graut.

98

From you have I been absent in the spring,
When proud-pied April, dress'd in all his trim,
Hath put a spirit of youth in every thing,
That heavy Saturn laugh'd and leap'd with him.

Yet nor the lays of birds, nor the sweet smell
Of different flowers in odour and in hue,
Could make me any summer's story tell,
Or from their proud lap pluck them where they grew.

Nor did I wonder at the lily's white,
Nor praise the deep vermilion in the rose,
They were but sweet, but figures of delight,
Drawn after you, you pattern of all those!

Yet seem'd it winter still, and, you away,
As with your shadow I with these did play.

98

Von dir war ich entfernt im vorfrühling
Als stolz April im bunten schmucke schritt
Und geist der jugend goss in jedes ding –
Der schwere Saturn lief und lachte mit.

Doch gab mir vogellied und süsser hauch
Von blumen reich an duft und glanz nicht lust
Mich zu ergehen nach des sommers brauch ·
Sie zu entpflücken ihrer stolzen brust.

Das weiss der lilie nahm ich nicht in acht
Noch lobte ich der rose tiefes rot . .
Sie waren süss · doch abglanz nur der pracht:
Nach dir gezeichnet der das vorbild bot.

Doch winter schien es · denn du kamest nie:
Wie deinen schatten so umspielt ich sie.

99

The forward violet thus did I chide:
›Sweet thief, whence didst thou steal thy sweet that smells,
If not from my love's breath? The purple pride
Which on thy soft cheek for complexion dwell
In my love's veins thou hast too grossly dyed.‹

The lily I condemned for thy hand,
And buds of marjoram had stol'n thy hair;
The roses fearfully on thorns did stand,
One blushing shame, another white despair;

A third, nor red nor white, had stol'n of both,
And to his robb'ry had annex'd thy breath;
But, for his theft, in pride of all his growth
A vengeful canker eat him up to death.

More flowers I noted, yet I none could see
But sweet or colour it had stol'n from thee.

99

Das übermütige veilchen schalt ich drob:
›Wo · süsser dieb · stahlst du dein süss das haucht?
Von meines liebsten atem! . . Purpurn lob
Auf deiner wange? Du hast eingetaucht
In meines liebsten adern allzugrob.‹

Die lilie klagt ich an um deine hand ·
Die mairan-knospe die dein haar bestahl –
Und manche rose bang am dorne stand
Die rote scham · und *jene* weisse qual.

Nicht weiss noch rot · die dritte · stahl von zwein
Die deinen hauch zu nehmen sich vermaass ·
Doch für den diebstahl trotz dem stolzen schein
Ein rachevoller wurm zu tod sie frass.

Mehr blumen traf ich an · doch keine kam
Die duft und farbe nicht von dir entnahm.

100

Where art thou, Muse, that thou forget'st so long
To speak of that which gives thee all thy might?
Spend'st thou thy fury on some worthless song,
Dark'ning thy power to lend base subjects light?

Return, forgetful Muse, and straight redeem
In gentle numbers time so idly spent;
Sing to the ear that doth thy lays esteem,
And gives thy pen both skill and argument.

Rise, resty Muse, my love's sweet face survey,
If Time have any wrinkle graven there;
If any, be a satire to decay,
And make Time's spoils despised every where.

Give my love fame faster than Time wastes life;
So thou prevent'st his scythe and crooked knife.

100

Wo bist du · Muse? Du vergisst zu lang
Zu künden was dir schenkt all deinen geist.
Warfst du dein feuer weg für eitlen sang ·
Schwächst deine kraft die niedre stoffe preist?

Kehr um · nachlässige Muse · füll erneut
Mit edlem ton so schlecht verwandte zeit ·
Sing für das ohr das deines lieds sich freut
Und deinem stift kunst und gehalt verleiht.

Auf! Muse · komm! Des liebsten süss gesicht
Schau an: grub zeit dort eine furche schon?
Und wenn – schreib auf verfall ein spottgedicht ·
Mach dass vom raub der zeit man spricht mit hohn.

Gib ruhm ihm schnelleren gangs als Zeit versehrt ·
Schütz ihn vor ihrer sens' und krummem schwert.

101

O truant Muse, what shall be thy amends
For thy neglect of truth in beauty dyed?
Both truth and beauty on my love depends;
So dost thou too, and therein dignified.

Make answer, Muse, wilt thou not haply say,
›Truth needs no colour, with his colour fix'd:
Beauty no pencil, beauty's truth to lay;
But best is best, if never intermix'd?‹

Because he needs no praise, wilt thou be dumb?
Excuse not silence so, for't lies in thee,
To make him much outlive a gilded tomb,
And to be prais'd of ages yet to be.

Then do thy office, Muse; I teach thee how
To make him seem long hence as he shows now.

101

O träge Muse · wie machst du das gut
Dass du solang nicht Wahr mit Schönem malst?
Denn Wahr und Schön in meiner liebe ruht
So wie in dir: dies ists wodurch du strahlst.

Gib antwort · Muse! Sagst du nicht vielleicht:
›Wahres braucht keinen glanz – voll eignem glanz . .
Schönes nicht pinsel der aufs Wahre streicht . .
Bestes ist Bestes – ohne mischung ganz?‹

Weil er nicht preis bedarf drum brichst du ab?
Entschulde so dein schweigen nicht: du weisst
Wodurch er lebt mehr als durch goldnes grab
Und was ihn in den künftigen zeiten preist.

So · Muse · tu dein amt! Dich lehr ich ihn
Spät noch so zeigen wie er heut erschien.

102

My love is strengthen'd, though more weak in seeming;
I love not less, though less the show appear:
That love is merchandis'd whose rich esteeming
The owner's tongue doth publish every where.

Our love was new, and then but in the spring,
When I was wont to greet it with my lays;
As Philomel in summer's front doth sing,
And stops her pipe in growth of riper days:

Not that the summer is less pleasant now
Than when her mournful hymns did hush the night,
But that wild music burthens every bough,
And sweets grown common lose their dear delight.

Therefore, like her, I sometime hold my tongue,
Because I would not dull you with my song.

102

Stark ist mein lieben – schwach nur in erscheinung.
Nicht minder lieb ich wenn sichs minder zeigt.
Die lieb ist kaufgut deren reiche meinung
Beständig aus des eigners munde steigt.

Damals war lenz und unsre liebe grün ·
Da grüsst ich täglich sie mit meinem sang.
So schlägt die nachtigall in sommers blühn
Und schweigt den ton in reifrer tage gang.

Nicht dass der sommer minder schön nun sei
Da nicht ihr klaglied mehr bricht durch die nacht:
Doch beugt den busch die wilde melodei ·
Und süsses lässt durch brauch die holde pracht.

Darum · gleich ihr · verstumme ich so lang
Dass du nicht müde wirst durch meinen sang.

103

Alack, what poverty my Muse brings forth,
That having such a scope to show her pride,
The argument, all bare, is of more worth
Than when it hath my added praise beside!

O blame me not, if I no more can write!
Look in your glass, and there appears a face
That over-goes my blunt invention quite,
Dulling my lines and doing me disgrace.

Were it not sinful then, striving to mend,
To mar the subject that before was well?
For to no other pass my verses tend
Than of your graces and your gifts to tell;

And more, much more, than in my verse can sit,
Your own glass shows you when you look in it.

103

Was meine muse · ach · so arm beschert
Bei solchem stoff zum zeigen ihrer pracht!
Der blosse gegenstand hat grössren wert
Als den mein zugefügtes lob ihm macht.

O scheltet nicht für die so karge schrift!
In eurem spiegel seht euer antlitz nach
Das meine dumpfen fabeln übertrifft . .
Es macht mein reimen matt und bringt mir schmach.

Verbessern-suchen – wäre dies nicht schuld?
Trübmachen die gestalt die schön zuvor?
Nur deine gaben künd ich · deine huld:
Mein vers strebt nicht zu einem andren tor.

Mehr · viel mehr als in meinen versen steht
Sagt euer spiegel wenn ihr darein seht.

104

To me, fair friend, you never can be old,
For as you were when first your eye I ey'd,
Such seems your beauty still. Three winters cold
Have from the forests shook three summers' pride,

Three beauteous springs to yellow autumn turn'd
In process of the seasons have I seen,
Three April perfumes in three hot Junes burn'd,
Since first I saw you fresh, which yet are green.

Ah, yet doth beauty, like a dial-hand,
Steal from his figure, and no pace perceiv'd;
So your sweet hue, which methinks still doth stand,
Hath motion, and mine eye may be deceiv'd.

For fear of which, hear this, thou age unbred:
Ere you were born was beauty's summer dead.

104

Für mich · mein schöner freund · seid ihr nie alt:
Denn ganz wie erst ich sah in eur gesicht ·
Scheint eure schönheit noch . . Drei winter kalt
Jagten vom walde dreier sommer licht.

Drei lenze schön · in gelben herbst gewandt ·
Sah ich im lauf der zeiten und das blühn
Des mai dreimal von juni-glut verbrannt
Seit erst ich frisch euch sah · euch jezt noch grün.

Ach · schönheit schleicht doch wie ein zeiger geht
Unmerklich vorwärts auf dem blatt der uhr!
Hat nicht eur süsser reiz der · scheint mir · steht
Bewegung und mein auge täuscht sich nur!

Hör · ungeborne Zeit · da solches droht:
Eh du da warst · war lenz der schönheit tot.

105

Let not my love be call'd idolatry,
Nor my beloved as an idol show,
Since all alike my songs and praises be
To one, of one, still such, and ever so.

Kind is my love today, tomorrow kind,
Still constant in a wondrous excellence;
Therefore my verse, to constancy confin'd,
One thing expressing, leaves out difference.

›Fair, kind, and true‹, is all my argument,
›Fair, kind, and true‹, varying to other words;
And in this change is my invention spent,
Three themes in one, which wondrous scope affords.

›Fair, kind, and true‹, have often liv'd alone,
Which three till now never kept seat in one.

105

Nennt meine liebe nicht abgötterei
Drin den geliebten ihr als götzen seht –
Sagt nicht · mein sang und lob sei einerlei:
Einem · an einen · immernoch und stet.

Gut ist heut meine liebe · morgen gut ·
Beständig stets in wunderbarem grad –
Weshalb mein vers auf ständigkeit beruht ·
Ein ding nur sagt · nicht sucht nach andrem pfad.

›Schön gut und treu‹ dies ist mein ganzer plan . .
›Schön gut und treu‹ mit neuer worte spiel . .
Mein dichten dreht sich nur in dieser bahn.
Drei ding in einem: wunderbares ziel!

Schön gut und treu: sie lebten oft allein
Doch selten an demselben platz zu drein.

106

When in the chronicle of wasted time
I see descriptions of the fairest wights,
And beauty making beautiful old rhyme
In praise of ladies dead and lovely knights,

Then, in the blazon of sweet beauty's best,
Of hand, of foot, of lip, of eye, of brow,
I see their antique pen would have express'd
Even such a beauty as you master now.

So all their praises are but prophecies
Of this our time, all you prefiguring;
And for they look'd but with divining eyes,
They had not skill enough your worth to sing;

For we, which now behold these present days,
Have eyes to wonder, but lack tongues to praise.

106

Wenn ich in der zerronnenen zeiten buch
Gezeichnet seh der schönsten leute bild –
Macht dort die schönheit alten spruch
Zum preis von damen tot und rittern mild:

So seh ich wo sich süsse schönheit schmückt
Mit bestem · fuss und hand und aug und mund:
Ihr alter griffel wünschte ausgedrückt
Das schöne grad wie ihrs beherrscht zur stund.

So war ihr ganzer preis nur profezein
Auf unsre zeit: sie bildeten euch vor ·
Sie · schauend mit der ahnung aug allein ·
Nicht ganz geschickt für eures ruhmes chor.

Wir haben · lebend in dem heutigen kreis ·
Auge zum schauen doch nicht wort zum preis.

107

Not mine own fears, nor the prophetic soul
Of the wide world dreaming on things to come,
Can yet the lease of my true love control,
Suppos'd as forfeit to a confin'd doom.

The mortal moon hath her eclipse endur'd,
And the sad augurs mock their own presage;
Incertainties now crown themselves assur'd,
And peace proclaims olives of endless age.

Now with the drops of this most balmy time
My love looks fresh, and Death to me subscribes,
Since, spite of him, I'll live in this poor rhyme,
While he insults o'er dull and speechless tribes:

And thou in this shalt find thy monument,
When tyrants' crests and tombs of brass are spent.

107

Nicht eigne angst noch der profetische geist
Der weiten welt der künftige dinge ahnt
Auf meiner treuen liebe ablauf weist
Und an verfall zu fester frist gemahnt.

Der menschen mond strahlte nach finsternis
Und trübe magier spotten eignen spruchs.
Das reich der schwankungen ward nun gewiss ·
Friede ruft palmen aus von ewigem wuchs.

Jezt in dem träufeln so balsamischer zeit
Blickt meine liebe frisch und Tod gibt nach
Da trotz ihm mein arm lied mir dauer leiht . .
Er schlage menschen dumpf und ohne sprach!

Und dir wird hierin ein gedächtnismal
Wenn herrscher-reif verfiel und gruft von stahl.

108

What's in the brain that ink may character,
Which hath not figur'd to thee my true spirit?
What's new to speak, what new to register,
That may express my love or thy dear merit?

Nothing, sweet boy; but yet, like prayers divine,
I must each day say o'er the very same;
Counting no old thing old, thou mine, I thine,
Even as when first I hallow'd thy fair name.

So that eternal love in love's fresh case
Weighs not the dust and injury of age,
Nor gives to necessary wrinkles place,
But makes antiquity for aye his page;

Finding the first conceit of love there bred,
Where time and outward form would show it dead.

108

Was ist im hirn das tinte kann verleihn
Das ich dir nicht entwarf mit treuem sinne?
Was gibt es neu zu reden · neu zu reihn
Zu deinem teuren wert · zu meiner minne?

Nichts · süsser knabe . . doch wie Gott anflehend
Muss ich dasselbe sagen allezeit:
Du mein · ich dein – nichts alt im alten sehend –
Seit ich dir holdem namen erst geweiht.

Die ewige lieb im frischen liebesschmuck
Beachtet nicht der jahre sturm und fall ·
Glaubt nicht an der notwendigen falten druck
Und hält das alter ständig als vasall.

Für sie lebt noch der ersten liebe geist
Wo zeit und äussre form ihn tot erweist.

109

O never say that I was false of heart,
Though absence seem'd my flame to qualify;
As easy might I from myself depart,
As from my soul, which in thy breast doth lie.

That is my home of love; if I have rang'd,
Like him that travels I return again,
Just to the time, not with the time exchang'd,
So that myself bring water for my stain.

Never believe, though in my nature reign'd
All frailties that besiege all kinds of blood,
That it could so preposterously be stain'd,
To leave for nothing all thy sum of good;

For nothing this wide universe I call,
Save thou, my rose; in it thou art my all.

109

O sag nicht dass ich falsch von herzen sei ·
Schien ferne auch zu dämpfen meine glut:
So leicht macht ich des eignen Ichs mich frei
Als meiner seele die im herz dir ruht.

Dort ist mein haus der liebe. Wie der wandrer
Kehr ich dorthin zurück nach weiter strecke ·
Recht zu der zeit und mit der zeit kein andrer –
So bring ich wasser selbst für meine flecke.

Glaub nimmermehr wenn auch mein wesen steckt
Voll schwächen – sie befallen jeglich blut –
Dass es sich so unsinnigerweis befleckt
Und für ein nichts lässt sein gesamtes gut.

Mir giltst allein auf weitem erdenball
Du · meine rose · du bist drin mein all.

110

Alas, 'tis true I have gone here and there
And made myself a motley to the view,
Gor'd mine own thoughts, sold cheap what is most dear,
Made old offences of affections new.

Most true it is that I have look'd on truth
Askance and strangely; but, by all above,
These blenches gave my heart another youth,
And worse essays prov'd thee my best of love.

Now all is done, have what shall have no end;
Mine appetite I never more will grind
On newer proof, to try an older friend,
A god in love, to whom I am confin'd.

Then give me welcome, next my heaven the best,
Even to thy pure and most most loving breast.

110

Ach es ist wahr: ich schweifte hier und dort
Und machte mich zum schecken für den schein ·
Stach in den eignen sinn · warf wertstes fort
Und schuf aus neuem lieben alte pein.

Es ist ganz wahr: ich blickte scheel und scheu
Die wahrheit an – jedoch bei allem Droben! –
Dies abseitgehn gab mir die jugend neu:
Ich sah als bestes dich bei schlechtern proben.

All dies ist hin . . nimm nun was nie verblasst!
Und nimmermehr sei meine lust gespizt
Auf neuere kost · dem ältern freund zur last ·
Dem gott in liebe der mich ganz besizt.

So nimm · du nächst dem Herrn mir höchste Lust ·
Mich an die reine · lieb-liebreiche brust.

III

O for my sake do you with Fortune chide,
The guilty goddess of my harmful deeds,
That did not better for my life provide
Than public means which public manners breeds.

Thence comes it that my name receives a brand,
And almost thence my nature is subdu'd
To what it works in, like the dyer's hand.
Pity me then, and wish I were renew'd;

Whilst, like a willing patient, I will drink
Potions of eisel 'gainst my strong infection;
No bitterness that I will bitter think,
Nor double penance, to correct correction.

Pity me then, dear friend, and I assure ye,
Even that your pity is enough to cure me.

III

O zeigt euch meinethalb aufs Glück ergrimmt ·
Die schuldige gottheit meiner leidensfahrt ·
Die für mein leben bessres nicht bestimmt
Als volks-erwerb der nachzieht volkes art.

Daher empfängt mein name einen brand ·
Daher wird all mein wesen fast bedräut
Durch meine arbeit – wie des färbers hand.
Habt mitleid denn und wünschet mich erneut.

Dann schlürf ich wie ein williger kranker ein
Den essig-trank für meine giftige sucht
Und nichts von bittrem soll mir bitter sein
Noch doppelstrafe mehrend zucht mit zucht.

Habt mitleid mit mir · Teurer! dann bekund ich:
Allein von eurem mitleid schon gesund ich.

112

Your love and pity doth th' impression fill
Which vulgar scandal stamp'd upon my brow;
For what care I who calls me well or ill,
So you o'er-green my bad, my good allow?

You are my all the world, and I must strive
To know my shames and praises from your tongue;
None else to me, nor I to none alive,
That my steel'd sense or changes right or wrong.

In so profound abysm I throw all care
Of others' voices that my adder's sense
To critic and to flatterer stopped are.
Mark how with my neglect I do dispense:

You are so strongly in my purpose bred
That all the world besides methinks are dead.

112

Mit lieb und mitleid füllt ihr aus was hohl
Unglimpf des volks mir in die stirn gepresst.
Was gilt mir ob man übel spricht ob wohl
Wenn ihr mein böses deckt · mein gutes messt!

Ihr seid mir all die welt · und mir ist pflicht
Dass lob dass schmach mir kommt kraft eures winks.
Kein andrer gilt mir · ich für andren nicht
Der ehernen sinn mir drehe · rechts noch links.

So tief zum abgrund werf ich alle acht
Auf Andrer rede dass mein nattern-ohr
Sich taub für schmeichler wie für tadler macht.
Für meinen gleichmut bring ich dieses vor:

Ihr haltet so in meinem sinne fest
Dass tot mir dünkt der ganzen erde rest.

113

Since I left you, mine eye is in my mind,
And that which governs me to go about
Doth part his function, and is partly blind,
Seems seeing, but effectually is out;

For it no form delivers to the heart
Of bird, of flower, or shape, which it doth latch.
Of his quick objects hath the mind no part,
Nor his own vision holds what it doth catch;

For if it see the rud'st or gentlest sight,
The most sweet favour or deformed'st creature,
The mountain, or the sea, the day, or night,
The crow, or dove, it shapes them to your feature.

Incapable of more, replete with you,
My most true mind thus maketh mine untrue.

113

Seit ich euch liess verbleibt mein aug im geist
Und was mein führer ist von ort zu ort
Teilt nunmehr seinen dienst · ist blind zumeist ·
Scheint sehend aber wirklich ist es fort.

Nie liefert es dem herzen die gestalt
Von vogel blume körper die es fängt ·
Der hurtige zug macht für den geist nicht halt
Noch bannt es selbst die schau die es empfängt.

Ob es das rauhste · zartste sehen mag ·
Die süsste stirn · den ungestaltsten wicht;
Es formt gebirg und see und nacht und tag
Und taub' und kräh nach eurem angesicht . .

So dass für andres schwach · von euch gefüllt ·
Mein treuster geist mein aug in untreu hüllt.

114

Or whether doth my mind, being crown'd with you,
Drink up the monarch's plague, this flattery?
Or whether shall I say mine eye saith true,
And that your love taught it this alchemy,

To make of monsters, and things indigest,
Such cherubins as your sweet self resemble,
Creating every bad a perfect best,
As fast as objects to his beams assemble?

O 'tis the first, 'tis flatt'ry in my seeing,
And my great mind most kingly drinks it up.
Mine eye well knows what with his gust is 'greeing,
And to his palate doth prepare the cup.

If it be poison'd, 'tis the lesser sin
That mine eye loves it and doth first begin.

114

Wie ist es? schlürft mein geist · eur thron-nachbar ·
Des herrschers plage ein · die schmeichelei?
Wie oder sage ich: mein aug spricht wahr
Und eure liebe lehrt es zauberei ·

Dass es aus scheusal macht und roher brut
Engel wie deinem süssen Selbst sie gleichen ·
aus jedem bös schafft ein vollkommen gut
Sobald die dinge seinen strahl erreichen?

O 's ist das erste! Schmeicheln macht mich sehn.
Mein hoher geist schlürft es ganz fürstlich ein.
Mein aug kann diese vorlieb wohl verstehn ·
Bereitet ihm für seinen schmack den wein.

Ist gift darin · entschuldigt dies den trug:
Mein aug liebt es und tut den ersten zug.

115

Those lines that I before have writ do lie,
Even those that said I could not love you dearer:
Yet then my judgment knew no reason why
My most full flame should afterwards burn clearer.

But reckoning Time, whose million'd accidents
Creep in 'twixt vows, and change decrees of kings,
Tan sacred beauty, blunt the sharp'st intents,
Divert strong minds to th' course of altering things;

Alas, why, fearing of Time's tyranny,
Might I not then say, ›Now I love you best‹,
When I was certain o'er incertainty,
Crowning the present, doubting of the rest?

Love is a babe; then might I not say so,
To give full growth to that which still doth grow?

115

Die reihen die ich früher schrieb sind lug ·
Auch dieses: lieben könnt ich euch nicht treuer.
Damals sah ich nicht ein nach welchem fug
Einst heller brennen sollt mein vollstes feuer.

Doch denk ich nach · wie Zeit millionenfach
Einschließt in schwüre · bricht der könige wort ·
Bleicht heilige schönheit · drückt das härtste flach ·
Zieht starken geist auf schwanke wege fort:

Ach dass ich bang vor der gewalt der Zeit
Nicht sprechen darf: ›nun lieb ich euch zu best‹.
Wenn ich gesichert vor unsicherheit
Das heute kröne · zweifle an dem rest!

Liebe ist kind: dann sprech ich richtig doch
Von vollem wuchs wo weitres wachstum noch!

116

Let me not to the marriage of true minds
Admit impediments. Love is not love
Which alters when it alteration finds,
Or bends with the remover to remove.

O, no! it is an ever-fixed mark,
That looks on tempests and is never shaken;
It is the star to every wand'ring bark,
Whose worth's unknown, although his height be taken.

Love's not Time's fool, though rosy lips and cheeks
Within his bending sickle's compass come;
Love alters not with his brief hours and weeks,
But bears it out even to the edge of doom.

If this be error, and upon me prov'd,
I never writ, nor no man ever lov'd.

116

Man spreche nicht bei treuer geister bund
Von hindernis! Liebe ist nicht mehr liebe
Die eine ändrung säh als ändrungs-grund
Und mit dem schiebenden willfährig schiebe.

O nein · sie ist ein immer fester turm
Der auf die wetter schaut und unberennbar.
Sie ist ein stern für jedes schiff im sturm:
Man misst den stand · doch ist sein wert unnennbar.

Lieb' ist nicht narr der zeit: ob rosen-mund
Und -wang auch kommt vor jene sichelhand . .
Lieb' ändert nicht mit kurzer woch und stund ·
Nein · sie hält aus bis an des grabes rand.

Ist dies irrtum der sich an mir bewies ·
Hat nie ein mensch geliebt · nie schrieb ich dies.

117

Accuse me thus: that I have scanted all
Wherein I should your great deserts repay,
Forgot upon your dearest love to call,
Whereto all bonds do tie me day by day;

That I have frequent been with unknown minds,
And given to time your own dear-purchas'd right;
That I have hoisted sail to all the winds
Which should transport me farthest from your sight.

Book both my wilfulness and errors down,
And on just proof surmise accumulate;
Bring me within the level of your frown,
But shoot not at me in your wakened hate;

Since my appeal says I did strive to prove
The constancy and virtue of your love.

117

So klagt mich an: dass ich für mich nur nahm
Was eurer hohen gunst ich schuldig war ·
Zu eurer treusten liebe nicht mehr kam
An die jed band mich fesselt immerdar ·

Dass ich mit geistern ging die wertlos sind ·
Dein schwer erkauftes recht preisgab der welt ·
Mein segel hissen liess nach jedem wind
Der mich am fernsten von euch weggeschnellt.

Schreibt meinen starrsinn auf und meinen wahn ·
Macht – nach beweis – das maass mit argwohn voll ·
Bringt mich in eures missgefallens bahn ·
Doch trefft mich nicht in eurem wachen groll.

Mein einspruch sagt dass ich nur so befand
Euerer liebe tugend und bestand.

118

Like as to make our appetites more keen
With eager compounds we our palate urge,
As to prevent our maladies unseen,
We sicken to shun sickness when we purge;

Even so, being full of your ne'er-cloying sweetness,
To bitter sauces did I frame my feeding;
And, sick of welfare, found a kind of meetness,
To be diseas'd ere that there was true needing.

Thus policy in love, t' anticipate
The ills that were not, grew to faults assured,
And brought to medicine a healthful state,
Which, rank of goodness, would by ill be cured

But thence I learn, and find the lesson true,
Drugs poison him that so fell sick of you.

118

Wie man zur schärfung seiner esslust tut ·
Mit beissendem gemische reizt die zung ·
Wie vor noch fernem übel auf der hut
Man krankheit schafft durch blutes reinigung:

So voll von deiner süsse die nie sattmacht
Stellt ich mein essen her mit bittrer brühe
Und krank vom wohlsein suchte ich was mattmacht ·
Fast freudig eh geboten war die mühe.

Vorweg sich nehmen so aus liebes-list
Ein kommend weh – zog wahr gebrest herbei . .
In siechtum kehrt ich um gesunde frist ·
Zu voll von wohl fand ich im weh arznei.

Draus zieh ich lehre die das rechte trifft:
Wer an dir krankt dem werden mittel gift.

119

What potions have I drunk of Siren tears,
Distill'd from limbecks foul as hell within,
Applying fears to hopes, and hopes to fears,
Still losing when I saw myself to win!

What wretched errors hath my heart committed,
Whilst it hath thought itself so blessed never!
How have mine eyes out of their spheres been fitted
In the distraction of this madding fever!

O benefit of ill! Now I find true
That better is by evil still made better;
And ruin'd love, when it is built anew,
Grows fairer than at first, more strong, far greater.

So I return rebuk'd to my content,
And gain by ill thrice more than I have spent.

119

Trank ich Sirenen-tränen · mischerei
Aus tiegeln scheusslich wie die hölle drin!
Gab ängsten hoffnung · hoffnung ängste bei ·
Verlor da wo ich griff nach dem gewinn!

Indes es selig sich wie niemals dachte ·
Wie nur mein herz verfiel in sündiges irren!
Was so mein aug aus seinem kreise brachte
In dieses wahnsinnhaften fiebers wirren!

O glück des übels! nun seh ich genau:
Das bessre wird durch übel stets noch besser.
Zerstörte liebe wird beim neuen bau
Schöner wie erst und kräftiger und grösser.

So kehr ich um · zu meinem glück ein tor ·
Gewann durch schuld dreifach was ich verlor.

120

That you were once unkind befriends me now,
And for that sorrow which I then did feel
Needs must I under my transgression bow,
Unless my nerves were brass or hammer'd steel.

For if you were by my unkindness shaken,
As I by yours, y'have pass'd a hell of time,
And I, a tyrant, have no leisure taken
To weigh how once I suffered in your crime.

O that our night of woe might have remember'd
My deepest sense, how hard true sorrow hits,
And soon to you, as you to me then, tender'd
The humble salve which wounded bosoms fits!

But that your trespass now becomes a fee;
Mine ransoms yours, and yours must ransom me.

120

Dass ihr einst unfreund wart erfreut mich nun ·
Und denk ich der dabei empfundnen qual
Muss niederbeugen mich mein übeltun ·
Sind meine nerven nicht von erz und stahl.

Denn littet ihr von meiner freundschaft schlägen
Wie ich von euch · gingt ihr durch höllen-zeit ·
Und ich tyrann nahm mir nicht müh zu wägen
Was ich einst litt durch eure sündigkeit.

O hätte unsre leidensnacht erinnert
Mein tiefst gemüt an schlag von wahrem schmerz . .
Und euren – wie ihr meinen – bald gelindert
Mit schlichtem balsam · gut fürs wunde herz.

Doch dieses eur vergehn wird nun zum zoll:
Es löst euch wie mich eures lösen soll.

121

'Tis better to be vile than vile esteemed,
When not to be receives reproach of being,
And the just pleasure lost, which is so deemed
Not by our feeling, but by others' seeing.

For why should others' false adulterate eyes
Give salutation to my sportive blood?
Or on my frailties why are frailer spies,
Which in their wills count bad what I think good?

No, I am that I am, and they that level
At my abuses reckon up their own.
I may be straight though they themselves be bevel;
By their rank thoughts my deeds must not be shown;

Unless this general evil they maintain:
All men are bad, and in their badness reign.

121

Besser ist schlecht zu sein als schlecht genannt
Wenn nicht-bestehn verklagt wird zu bestehen
Und edle lust verpönt – nicht aberkannt
Durch unser fühlen · doch durch Andrer sehen.

Was sollte Andrer fälschend tückische nähe
Die blicke werfen auf mein lebhaft blut?
Was soll für meine schwächen schwächere spähe
Der das als bös erscheint was mir als gut?

Nein · ich bin der ich bin . . die losgezogen
Auf meine fehler stellen ihre dar.
Ich mag gerade sein · sie selbst gebogen –
Nicht leg ihr geiler sinn mein handeln klar.

Sie glaubten denn ans übel allerseit:
Jeder sei schlecht und herrsch in schlechtigkeit.

122

Thy gift, thy tables, are within my brain
Full character'd with lasting memory,
Which shall above that idle rank remain
Beyond all date, even to eternity:

Or, at the least, so long as brain and heart
Have faculty by nature to subsist,
Till each to raz'd oblivion yield his part
Of thee, thy record never can be miss'd.

That poor retention could not so much hold.
Nor need I tallies thy dear love to score;
Therefore to give them from me was I bold,
To trust those tables that receive thee more:

To keep an adjunct to remember thee
Were to import forgetfulness in me.

122

Das merkbuch · dein geschenk · trag ich in mir
Voll von erinnerung für alle zeit
Die länger bleibt als diese nichtige zier
Jenseit der tage bis zur ewigkeit.

Wenn nicht · so lange doch als herz und geist
Von der natur erlaubt ist zu bestehn . .
Bis beides in vergessens schutt verweist
Sein stück von dir · wird nie dein bild vergehn.

Dies aufbewahrte ding hält nicht so sehr ·
Für deiner liebe wert brauchts keinen stab
Sie drin zu kerben – darum gab ichs her
Dem buch zu traun drin ich dich besser hab.

Mir helfer halten dein gedenk zu sein:
Das würfe auf mich des vergessens schein.

123

No, Time, thou shalt not boast that I do change,
Thy pyramids built up with newer might
To me are nothing novel, nothing strange;
They are but dressings of a former sight.

Our dates are brief, and therefore we admire
What thou dost foist upon us that is old,
And rather make them born to our desire
Than think that we before have heard them told.

Thy registers and thee I both defy,
Not wondering at the present nor the past,
For thy records and what we see doth lie,
Made more or less by thy continual haste.

This I do vow, and this shall ever be,
I will be true, despite thy scythe and thee.

123

Nein · Zeit · sag du nicht stolz · ich ändre mich ·
Bau deine türme auf mit frischer macht:
Sie sind für mich nicht neu nicht sonderlich ·
Sie sind nur aufschmuck einer frühern pracht.

Wir leben kurz nur – weshalb wir bestaunen
Was du uns unterschiebst das schon geschah.
Wir denkens eh'r gezeugt für unsre launen
Wie als ein ding das man längst hört und sah.

Ich trotz euch · dir und deinem federzug.
Aufs heut aufs gestern blicke ich gefasst . .
Denn dein gerücht und was wir schaun ist lug
Und gross und klein werk deiner ständigen hast.

Doch dies soll immer sein – das schwör ich mir:
Ich bleibe treu trotz deiner sens' und dir.

124

If my dear love were but the child of state,
It might for Fortune's bastard be unfather'd,
As subject to Time's love or to Time's hate,
Weeds among weeds, or flowers with flowers gather'd.

No, it was builded far from accident;
It suffers not in smiling pomp, nor falls
Under the blow of thralled discontent,
Whereto th' inviting time our fashion calls.

It fears not policy, that heretic,
Which works on leases of short-number'd hours,
But all alone stands hugely politic,
That it nor grows with heat, nor drowns with show'rs.

To this I witness call the fools of time,
Which die for goodness, who have liv'd for crime.

124

Wär meine liebe nur ein kind der pracht
So könnte Glück als bastard sie entvätern ·
So würfe Zeit die zürnt und Zeit die lacht
Den pflückern sie als blum · als gras den jätern.

Nein · sie entstand fern von zufälligkeit.
Sie leidet nicht durch pomp der gleisst · noch sinkt
Vorm schlag gedrückter unzufriedenheit
Wozu die zeit jezt unsrer laune winkt.

Sie fürchtet klugheit nicht · die ketzerin ·
Wirkt nicht mit kurzbemessnem überlass.
Sie nur steht da mit maasslos klugem sinn ·
Wächst nicht durch hitze · weicht nicht auf durch nass.

Hier mögt ihr narrn der zeit mir rede stehn:
Ihr starbt fürs recht und lebtet fürs vergehn.

125

Were't aught to me I bore the canopy,
With my extern the outward honouring,
Or laid great bases for eternity,
Which proves more short than waste or ruining?

Have I not seen dwellers on form and favour
Lose all, and more, by paying too much rent,
For compound sweet; forgoing simple savour,
Pitiful thrivers, in their gazing spent?

No, let me be obsequious in thy heart,
And take thou my oblation, poor but free,
Which is not mix'd with seconds, knows no art,
But mutual render, only me for thee.

Hence, thou suborn'd informer! A true soul
When most impeach'd stands least in thy control.

125

Umsonst nur trüge ich den baldachin ·
Mit meinem äussern huldigend dem schein ·
Und – was so kurz wie fall ist und ruin –
Legt ich zu ewigem bau den unterstein.

Sah ich nicht schwelgende in form und hülle
Arm · ärmer werden durch zu hohen zins?
Sie tauschten schlichte kost für süsse fülle ·
Opfer der schaulust · kläglichen gewinns.

Nein · dir im herzen will ich beter sein.
Nimm meine spende arm · doch williglich.
Sie mischt sich nicht mit zutat · kennt nicht schein –
Nur doppelhingab: einzig mich für dich.

Weg · falscher Künder! . . Eine treue seel ·
Wie sehr bedrängt auch · zwingt nicht dein befehl.

126

O thou, my lovely boy, who in thy power
Dost hold Time's fickle glass, his sickle hour;

Who hast by waning grown, and therein show'st
Thy lovers withering, as thy sweet self grow'st;

If Nature, sovereign mistress over wrack,
As thou goest onwards, still will pluck thee back,

She keeps thee to this purpose, that her skill
May Time disgrace, and wretched minutes kill.

Yet fear her, O thou minion of her pleasure!
She may detain, but not still keep her treasure:

Her audit, though delay'd, answer'd must be,
And her quietus is to render thee.

126

Du holder knabe hemmst mit deiner hand
Der Zeit die sens' und ihren flüchtigen sand.

Du wuchsest auf durch schwinden und du zeigst
Sie die dich lieben welk · indem du steigst.

Natur die höchste herrin übers grab –
Sowie du vorwärts willst zieht sie dich ab.

Sie hält dich zu dem zweck dass ihre list
Die Zeit verhöhnt und plumpe stunden frisst.

Doch fürchte sie · ihr liebling du · ihr glück!
Sie hält den schatz nicht · hält ihn nur zurück.

Beim abschluss · kommt er spät auch · steht sie wort . .
Zur vollen zahlung gibt sie dann dich fort.

127

In the old age black was not counted fair,
Or if it were, it bore not beauty's name;
But now is black beauty's successive heir,
And beauty slander'd with a bastard shame:

For since each hand hath put on nature's power,
Fairing the foul with art's false borrow'd face,
Sweet beauty hath no name, no holy bower,
But is profan'd, if not lives in disgrace.

Therefore my mistress' eyes are raven black,
Her eyes so suited, and they mourners seem,
At such who, not born fair, no beauty lack,
Sland'ring creation with a false esteem.

Yet so they mourn, becoming of their woe,
That every tongue says beauty should look so.

127

In alter zeit hielt man nicht schwarz für fein
Und wenn · so trug es nicht der schönheit nam . .
Nun sezt sich schwarz als schönheitserben ein
Und schönheit leidet schimpf und bastard-scham.

Denn da sich Jeder kraft der schöpfung stahl ·
Aus kunst und borg · aus schlechtem schönes schuf:
Fehlt süsser schönheit nam und heiliger saal . .
Sie ist entweiht und lebt gar in verruf.

Drum · herrin · hast du haare schwarz wie nacht
Und augen so – und sie sind traurern gleich
Da man · nicht schön von art · sich schönheit macht ·
Mit falschem prunk beschimpft das erdenreich.

Doch · da sie trauern · ziert so ihre pein
Dass jeder ausruft: schönheit muss so sein!

128

How oft, when thou, my music, music play'st,
Upon that blessed wood whose motion sounds
With thy sweet fingers, when thou gently sway'st
The wiry concord that mine ear confounds,

Do I envy those jacks that nimble leap
To kiss the tender inward of thy hand,
Whilst my poor lips, which should that harvest reap,
At the wood's boldness by thee blushing stand!

To be so tickled, they would change their state
And situation with those dancing chips,
O'er whom thy fingers walk with gentle gait,
Making dead wood more blest than living lips.

Since saucy jacks so happy are in this,
Give them thy fingers, me thy lips to kiss.

128

Wie oft wenn du · mein klang · die klänge spielst
auf dem beglückten holz des regung tönt
Von deiner süssen hand und sanft befiehlst
Der drähte einhall der mein ohr umdröhnt:

Beneid ich diese tasten die mit eil
Das zarte innre küssen deiner hand . .
Indes mein armer mund · reif für solch teil ·
Errötend bei des holzes kühnheit stand.

Um so gestreift zu sein nähm er in kauf
Tanzender schnitze formung und befund
Darauf dein finger geht mit sanftem lauf ·
Tot holz beseligend statt lebendigen mund.

Da freches werkzeug so beglückt sein muss
Gib ihm den finger · mir den mund zum kuss.

129

Th' expense of spirit in a waste of shame
Is lust in action, and till action lust
Is perjur'd, murd'rous, bloody, full of blame,
Savage, extreme, rude, cruel, not to trust,

Enjoy'd no sooner but despised straight,
Past reason hunted, and no sooner had,
Past reason hated, as a swallowed bait,
On purpose laid to make the taker mad;

Mad in pursuit, and in possession so,
Had, having, and in quest to have, extreme,
A bliss in proof, and prov'd, a very woe,
Before, a joy propos'd; behind, a dream.

All this the world well knows, yet none knows well
To shun the heaven that leads men to this hell.

129

Verbrauch von geist in schändlicher verzehr
Ist lust in tat · und bis zur tat · ist lust
Meineidig · mörderisch · blutig · voll unehr ·
Wild · tierisch · grausam · roh · des lugs bewusst.

Genossen wo gleich drauf verachtung trifft ·
Sinnlos erjagt und gleich nach dem empfang
Sinnlos gehasst wie ein verschlucktes gift ·
Eigens gelegt dass toll wird wer es schlang.

Toll im verfolg und im besitz zumal ·
Erlangt und im und beim erlangen wild ·
Glück beim versuch und wenn versucht nur qual ·
Erst: freudig hoffen · nachher: schattenbild.

Dies weiss jedweder . . . doch nicht wie man flieht
Den himmel der zu dieser hölle zieht.

130

My mistress' eyes are nothing like the sun;
Coral is far more red than her lips' red;
If snow be white, why then her breasts are dun;
If hairs be wires, black wires grow on her head.

I have seen roses damask'd, red and white,
But no such roses see I in her cheeks,
And in some perfumes is there more delight
Than in the breath that from my mistress reeks.

I love to hear her speak, yet well I know
That music hath a far more pleasing sound:
I grant I never saw a goddess go;
My mistress when she walks treads on the ground.

And yet, by heaven, I think my love as rare
As any she belied with false compare.

130

In Ihrem aug ist nichts von sonnenstrahl ·
Korall ist röter als ihr lippenpaar ·
Wenn schnee weiss ist so ist ihr busen fahl ·
Sind locken draht · ist schwarzer draht ihr haar.

Ich schaute rosen zwiefarb · weiss und rot ·
Doch solche rosen trägt nicht ihr gesicht –
Und ich fand duft der mehr an reizen bot
Als jener hauch der aus dem mund ihr bricht.

Ihr reden hör ich gern · doch muss gestehn:
Musik hat einen angenehmern klang.
Ich sah noch niemals eine göttin gehn:
Sie schreitet auf dem grund bei ihrem gang . .

Und doch ist meine liebe mir so reich
Als jede die man fälscht mit lug-vergleich.

131

Thou art as tyrannous, so as thou art,
As those whose beauties proudly make them cruel;
For well thou know'st to my dear doting heart
Thou art the fairest and most precious jewel.

Yet, in good faith, some say that thee behold
Thy face hath not the power to make love groan.
To say they err I dare not be so bold,
Although I swear it to myself alone.

And, to be sure that is not false I swear,
A thousand groans, but thinking on thy face,
One on another's neck, do witness bear
Thy black is fairest in my judgment's place.

In nothing art thou black save in thy deeds,
And thence this slander, as I think, proceeds.

131

Wie schönheit stolz wird und dann quält zum scherz
So geht dirs und so hart ist dein befehl . .
Denn du weisst wohl: für mein zart liebend herz
Bist du das schönste köstlichste juwel.

Doch wahrlich · manche sagen die dich schaun:
Dein blick wirkt nicht so stark dass liebe klagt.
Dies irrtum heissen will ich nicht getraun
Obwohl ichs unter eid mir selbst gesagt.

Und sicherlich: ich schwor nicht falschen eid ·
An tausend seufzer · denk ich auch nur dein ·
Hintereinander geben den bescheid:
Dein schwarz muss schönstes für mein urteil sein.

Du bist in sonst nichts schwarz: nur durch die tat –
Woher dir · glaub ich · diese lästrung naht.

132

Thine eyes I love, and they, as pitying me,
Knowing thy heart torments me with disdain,
Have put on black, and loving mourners be,
Looking with pretty ruth upon my pain.

And truly not the morning sun of heaven
Better becomes the grey cheeks of the east,
Nor that full star that ushers in the even
Doth half that glory to the sober west,

As those two mourning eyes become thy face:
O let it then as well beseem thy heart
To mourn for me, since mourning doth thee grace,
And suit thy pity like in every part.

Then will I swear beauty herself is black,
And all they foul that thy complexion lack.

132

Ich liebe deine augen. Voll mitleid ·
Da mit verachtung mich zerquält dein herz:
Als liebe trauernde in schwarzem kleid
Sehn sie · sich lind erbarmend · meinen schmerz.

Und wahrlich zieren mit dem morgenrote
Sich schöner nicht des ostens graue wangen
Noch schmückt der volle stern · des abends bote ·
Den kahlen westen mit dem halben prangen

Wie die zwei trauer-augen dein gesicht.
O sei dein herz nun auch für mich bereit
Zu trauern – trauer ja entstellt dich nicht –
Umkleide so dein mitleid allerseit.

Dann schwör ich gern: schönheit sei schwarz sogar
Und alle schlecht die deiner farbe bar.

133

Beshrew that heart that makes my heart to groan
For that deep wound it gives my friend and me!
Is't not enough to torture me alone,
But slave to slavery my sweet'st friend must be?

Me from myself thy cruel eye hath taken,
And my next self thou harder hast engrossed;
Of him, myself, and thee, I am forsaken;
A torment thrice threefold thus to be crossed.

Prison my heart in thy steel bosom's ward,
But then my friend's heart let my poor heart bail;
Whoe'er keeps me, let my heart be his guard,
Thou canst not then use rigour in my gaol.

And yet thou wilt; for I, being pent in thee,
Perforce am thine, and all that is in me.

133

Weh übers herz durch das mein herz so klagt!
Es schafft mir und dem freund so tiefe pein.
Ist nicht genug dass es allein mich plagt?
Muss süsster freund ein knecht dem knechttum sein?

Dein grausam aug hat mich mir selbst entrissen ·
Und mehr hast du mein höchstes Selbst beschwert –
Ich muss mich selbst und ihn und dich vermissen . .
O drillings-qual wenn dreifach so versehrt!

Sperr ein mein herz in deiner stahlbrust schacht ·
Lass so mein arm herz das des freunds befrein.
Wer mich auch hält: mein herz sei seines wacht . .
In meiner haft kannst du nicht streng dann sein.

Und doch – du wirst es: denn ich häng an dir.
Dein muss ich sein mit allem was in mir.

134

So, now I have confess'd that he is thine,
And I myself am mortgag'd to thy will,
Myself I'll forfeit, so that other mine
Thou wilt restore, to be my comfort still.

But thou wilt not, nor he will not be free,
For thou art covetous, and he is kind;
He learn'd but surety-like to write for me,
Under that bond that him as fast doth bind.

The statue of thy beauty thou wilt take,
Thou usurer that put'st forth all to use,
And sue a friend came debtor for my sake;
So him I lose through my unkind abuse.

Him have I lost, thou hast both him and me;
He pays the whole, and yet am I not free.

134

So hab ich zugestanden: er ist dein
Und ich bin selber deines willens pfand.
Ich will verwirkt sein . . doch dies andre Mein
Gib mir dafür zum trost in meine hand.

Doch wirst dus nicht und er will freiheit nicht.
Denn du bist geizig und er gern bereit.
Er unterschrieb hier nur für mich aus pflicht
Zu der fest bindenden verbindlichkeit.

An deiner schönheit bürgschaft hältst du dich ·
Habgierige · die nie ihr hab lässt ruhn –
Belangst den freund der schuldner ward durch mich.
Ich verlier ihn durch mein unschönes tun.

Verloren ist er mir · du hast uns zwei.
Er zahlt das ganze · doch ich bin nicht frei.

135

Whoever hath her wish, thou hast thy Will,
And Will to boot, and Will in overplus;
More than enough am I that vex thee still,
To thy sweet will making addition thus.

Wilt thou, whose will is large and spacious,
Not once vouchsafe to hide my will in thine?
Shall will in others seem right gracious,
And in my will no fair acceptance shine?

The sea, all water, yet receives rain still,
And in abundance addeth to his store;
So thou, being rich in Will, add to thy Will
One will of mine, to make thy large Will more.

Let no unkind, no fair beseechers kill;
Think all but one, and me in that one Will.

135

Manche hat ihren wunsch – du deinen Will
Und Will dazu und Will noch obendrein.
Ich überflüssig tu dir die unbill
Bei deinem süssen willen auch zu sein.

Lässt du nicht · mit dem willen weit und gross ·
Einmal in deinem meinen willen ruhn?
Magst du genehmigen andrer willen bloss
Und meinem willen nicht die ehr antun?

Die see ganz wasser trägt den regen still
Und hält · schon voll · den zufluss noch für wert.
So · Willen-reiche · füg zu deinem Will
Meinen der deinen grossen Will noch mehrt!

Die freundlich bittenden verweis nicht schrill ·
Nimm all für eins und mich im einen Will!

136

If thy soul check thee that I come so near,
Swear to thy blind soul that I was thy Will,
And will, thy soul knows, is admitted there;
Thus far for love, my love-suit, sweet, fulfil.

Will will fulfil the treasure of thy love,
Ay, fill it full with wills, and my will one.
In things of great receipt with ease we prove.
Among a number one is reckon'd none.

Then in the number let me pass untold,
Though in thy store's account I one must be;
For nothing hold me, so it please thee hold
That nothing me, a something sweet to thee.

Make but my name thy love, and love that still,
And then thou lov'st me, for my name is Will.

136

Schilt deine seele dich: ich käm zu nah ·
So schwör der blinden seel · ich sei dein Wille.
Und wille · weiss sie · ist mit rechten da.
Soweit · mein lieb · mein liebessehnen stille!

Will will vollfüllen deiner liebe schatz.
So füll ihn voll mit Wills und sei ich einer.
Bei dingen grossen umfangs gilt der satz:
In einer zahl sieht einer aus wie keiner.

Bei deiner güterzählung lass mich fern ·
Doch unter deinen schätzen dulde mich.
Sieh für ein nichts mich an · siehst du nur gern
Dies nichts als etwas süsses an für dich.

Lieb meinen namen nur · dann bin ich still!
Du liebst dann mich: mein name ist ja Will.

137

Thou blind fool, Love, what dost thou to mine eyes,
That they behold, and see not what they see?
They know what beauty is, see where it lies,
Yet what the best is take the worst to be.

If eyes, corrupt by over-partial looks,
Be anchor'd in the bay where all men ride,
Why of eyes' falsehood hast thou forged hooks,
Whereto the judgment of my heart is tied?

Why should my heart think that a several plot
Which my heart knows the wide world's common place?
Or mine eyes, seeing this, say this is not,
To put fair truth upon so foul a face?

In things right true my heart and eyes have erred,
And to this false plague are they now transferred.

137

Du Liebe · blinder narr · was schlägst du so
Mein aug das schaut und sieht nicht was es sieht ·
Das weiss wie schönheit ist und sieht auch wo
Und doch das beste aus dem schlimmsten zieht?

Wenn auge schlaff durch zu parteiische schau
Anlegt am strand zu dem sich jeder drängt ·
Was hast du dann aus auges trug das tau
Geknüpft dran meines herzens urteil hängt?

Soll denn mein herz ansehn für eigenflur
Was es erkannt als aller welt anteil?
Soll denn mein aug dies sehn und leugnen nur
Und holde wahrheit streun aufs haupt so feil?

Im wahrsten fiel mein herz und aug in trug –
Weshalb die falsche seuche sie nun schlug.

138

When my love swears that she is made of truth,
I do believe her, though I know she lies,
That she might think me some untutor'd youth,
Unlearned in the world's false subtleties.

Thus vainly thinking that she thinks me young,
Although she knows my days are past the best,
Simply I credit her false-speaking tongue:
On both sides thus is simple truth suppress'd.

But wherefore says she not she is unjust?
And wherefore say not I that I am old?
O love's best habit is in seeming trust,
And age in love loves not to have years told.

Therefore I lie with her, and she with me,
And in our faults by lies we flattered be.

138

Wenn meine liebe schwört sie sei ganz wahr
So glaub ich ihr · erkenn ich auch den lug.
Sie denke mich als knaben wissens bar
Und unbekannt mit lebens feinem trug.

So glaub ich eitlerweis · sie glaubt mich jung ·
Weiss sie auch meine beste zeit entrückt.
So trau ich ihrer lügen-redigen zung . .
Zweiseitig wird was einfach wahr erdrückt.

Doch was gesteht sie nicht ihr unrecht ein?
Und was gesteh ich nicht wie alt ich war?
O beste liebesart ist: traun dem schein . .
Und liebend alter hört nicht gern sein jahr.

Drum lüg ich mit ihr und sie lügt mit mir
Und voller schuld durch lug sind glücklich wir.

139

O call not me to justify the wrong
That thy unkindness lays upon my heart.
Wound me not with thine eye, but with thy tongue;
Use power with power, and slay me not by art.

Tell me thou lov'st elsewhere; but in my sight,
Dear heart, forbear to glance thine eye aside.
What need'st thou wound with cunning, when thy might
Is more than my o'erpress'd defence can bide?

Let me excuse thee; ah, my love well knows
Her pretty looks have been mine enemies,
And therefore from my face she turns my foes,
That they elsewhere might dart their injuries.

Yet do not so; but since I am near slain,
Kill me outright with looks, and rid my pain.

139

Heiss mich nicht suchen nach der kränkung grund
Die durch dein hartes herz schwer auf mir ist.
Triff mich nicht mit dem aug · nur mit dem mund ·
Üb macht mit macht · erschlag mich nicht durch list.

Sag · du liebst andre – doch für meine sicht ·
Lieb herz · tu keine seitenblicke mehr.
Was sehrest du mit ränken: dein gewicht
Ist mehr als stark für meine schwache wehr.

Lass dich freisprechen · Lieb · ach du weisst gut:
Aus deinen holden blicken kommt mir krieg . .
Drum wandtest du von mir der feinde wut
Damit ein andrer ihrem schuss erlieg.

Doch tu das nicht! Denn ich bin schon halb tot.
Mit blicken morde schnell: lös meine not!

140

Be wise as thou art cruel; do not press
My tongue-tied patience with too much disdain;
Lest sorrow lend me words, and words express
The manner of my pity-wanting pain.

If I might teach thee wit, better it were,
Though not to love, yet, love, to tell me so;
As testy sick men, when their deaths be near,
No news but health from their physicians know.

For, if I should despair, I should grow mad,
And in my madness might speak ill of thee.
Now this ill-wresting world is grown so bad,
Mad slanderers by mad ears believed be.

That I may not be so, nor thou belied,
Bear thine eyes straight, though thy proud heart go wide.

140

Sei weise wie du grausam bist! Nicht tritt
Mein schweigsam dulden zu tief in den kot
Dass nicht der gram mir wort leiht · das vertritt
Das wesen meiner mitleidwürdigen not.

Darf ich dich weisheit lehren · hör den rat:
Behaupt es · liebe · liebst du mich auch nicht!
Wie mürrischem kranken · wenn der tod sich naht
Der arzt von nichts als von gesundheit spricht.

Sonst werd ich vielleicht aus verzweiflung toll ·
Bring gegen dich im tollwahn böses vor.
Heut ist schlimm-gläubige welt so übels voll
Und toller lästerer findet tolles ohr.

Dass dies nicht kommt · man dich nicht schmält · so leit
Dein aug zu mir · schweift dein wild herz auch weit.

141

In faith, I do not love thee with mine eyes,
For they in thee a thousand errors note;
But 'tis my heart that loves what they despise,
Who, in despite of view, is pleas'd to dote.

Nor are mine ears with thy tongue's tune delighted;
Nor tender feeling to base touches prone.
Nor taste nor smell desire to be invited
To any sensual feast with thee alone.

But my five wits nor my five senses can
Dissuade one foolish heart from serving thee,
Who leaves unsway'd the likeness of a man,
Thy proud heart's slave and vassal wretch to be.

Only my plague thus far I count my gain,
That she that makes me sin awards me pain.

141

Ich liebe dich nicht mit den augen · traun!
Da sie in dir die tausend fehler spähn.
Was mit befriedigung lieb hält trotz dem schaun:
Es ist mein herz das liebt was sie verschmähn.

Mein ohr hängt nicht an deiner stimme sange . .
Kein fühlen · tasten – zart noch gar gemein –
Kein schmecken und kein riechen das verlange
Nach einem sinnen-mahl mit dir allein

Nicht meiner sinne und witze fünfzahl kann
ein närrisch herz von seiner fron befrein
Das haltlos lässt den schein von einem mann:
Für dein stolz herz ein sklav und wicht zu sein . . .

Nur dass ich soweit meine pein begrüsse
Dass sie die mich zur sünde bringt mich büsse.

142

Love is my sin, and thy dear virtue hate,
Hate of my sin, grounded on sinful loving.
O, but with mine compare thou thine own state,
And thou shalt find it merits not reproving;

Or, if it do, not from those lips of thine,
That have profan'd their scarlet ornaments,
And seal'd false bonds of love as oft as mine;
Robb'd others' beds' revenues of their rents.

Be it lawful I love thee as thou lov'st those
Whom thine eyes woo as mine importune thee,
Root pity in thy heart, that, when it grows,
Thy pity may deserve to pitied be.

If thou dost seek to have what thou dost hide,
By self-example mayst thou be denied!

142

Mein fehl ist liebe · deine tugend hass ·
Hass meines fehls erbaut auf frevler liebe.
O miss an deinem meinen unverlass:
Und du siehst nichts was vorzuwerfen bliebe.

Wenn aber doch · so nicht von deinem mund
Der seinen scharlach-schmuck bedeckt mit scham ·
Und oft · gleich mir · schloss falschen liebesbund ·
Von andrer bettgut sich den zins entnahm.

Lass mich dich rechtlich lieben wie du sie
Um die dein auge wirbt wie meins dich quält.
Pflanz mitleid in dein herz dass wenns gedieh
Dein mitleid einst auf mitleid-finden zählt.

Wie leicht wenn du einst suchst was du verwehrst
Dass du durch eigen-beispiel dann entbehrst!

143

Lo as a careful housewife runs to catch
One of her feathered creatures broke away,
Sets down her babe, and makes all swift dispatch
In pursuit of the thing she would have stay;

Whilst her neglected child holds her in chase,
Cries to cath her whose busy care is bent
To follow that which flies before her face,
Not prizing her poor infant's discontent.

So run'st thou after that which flies from thee,
Whilst I thy babe chase thee afar behind;
But if thou catch thy hope, turn back to me,
And play the mother's part, kiss me, be kind.

So will I pray that thou mayst have thy Will,
If thou turn back and my loud crying still.

143

Sieh · wie ein sorgsam hausweib rennt und fasst
Nach einem stück entlaufnen federviehs –
Sie sezt ihr kleines hin · in schleuniger hast
Eilt sie dem ding nach und gern hätte sies.

Und ihr im stich gelassen kind folgt ihr
Und weint und hascht nach ihr die fangen muss
Mit emsiger müh das vor ihr fliehende tier
Und nicht bedenkt des armen kinds verdruss.

So rennst du hinter dem was flieht vor dir ·
Ich bin dein kleines das weit hinten blieb.
Doch fassest du dein glück: kehr um zu mir
Und spiel die mutter · küss mich und sei lieb.

So bet ich gern · es werde dir dein Will –
Kehr um nur · mach mein lautes weinen still.

144

Two loves, I have, of comfort and despair,
Which like two spirits do suggest me still;
The better angel is a man right fair,
The worser spirit a woman colour'd ill.

To win me soon to hell, my female evil
Tempteth my better angel from my side,
And would corrupt my saint to be a devil,
Wooing his purity with her foul pride.

And whether that my angel be turn'd fiend,
Suspect I may, yet not directly tell;
But being both from me, both to each friend,
I guess one angel in another's hell.

Yet this shall I ne'er know, but live in doubt,
Till my bad angel fire my good one out.

144

Zwei lieben habe ich von trost und pein.
Gleich zweien geistern lenken sie mich ganz:
Der bessere engel ist ein mann hell fein ·
Der schlimmere geist ein weib von düstrem glanz.

Zur hölle will mich ziehn das weiblich böse ·
Kirrt mir den bessern engel von der seit ·
Wünscht zum verderb · mein Heiliger sei der Böse ·
Lockt schnöder gierde seine lauterkeit.

Und dass mein engel sich verkehrt zum feind
Vermut ich wol · doch weiss ich nicht genau.
Da beide fern von mir · sich beide freund ·
Deucht mir der engel in des andren klau.

Nur zweifl ich immer noch bis ich erkannt
Dass böser geist den guten ausgebrannt.

145

Those lips that Love's own hand did make
Breath'd forth the sound that said ›I hate‹
To me that languish'd for her sake.
But when she saw my woeful state,

Straight in her heart did mercy come,
Chiding that tongue that ever sweet
Was us'd in giving gentle doom;
And taught it thus anew to greet;

›I hate‹ she alter'd with an end,
That follow'd it as gentle day
Doth follow night, who like a fiend,
From heaven to hell is flown away.

›I hate‹ from hate away she threw,
And sav'd my life, saying, ›not you‹.

145

Die lippe die der liebe hand
Erschuf haucht aus das wort ›ich hass‹
zu mir der sich vor sehnsucht wand.
Sie aber sah mich kläglich blass

Und mitleid flugs ins herz ihr brach.
Das schalt die zunge die nur süss
Von jeher mildes urteil sprach
Und hiess sie: ›so wie früher grüss!‹

›Ich hasse‹ daran fügt sie an
Was folgte wie der holde tag
Der nacht folgt die wie ein satan
Nach himmeln in der hölle lag.

›Ich hass‹ und macht durch hass den strich
Und heilt mich durch das wort: ›nicht dich‹.

146

Poor soul, the centre of my sinful earth,
Struck by these rebel powers that thee array,
Why dost thou pine within and suffer dearth,
Painting thy outward walls so costly gay?

Why so large cost, having so short a lease,
Dost thou upon thy fading mansion spend?
Shall worms, inheritors of this excess,
Eat up thy charge? Is this thy body's end?

Then, soul, live thou upon thy servant's loss,
And let that pine to aggravate thy store;
Buy terms divine in selling hours of dross;
Within be fed, without be rich no more.

So shalt thou feed on Death, that feeds on men,
And Death once dead, there's no more dying then.

146

Arm seel! du mitte meiner sündigen erde ·
Erde voll frevel-kräften die dich hüllen:
Was trägst du not und leidest drin beschwerde
Um deine aussenwand reich-bunt zu füllen?

Was wendest du bei also kurzer pacht
So grosse summe auf dein fallend haus?
Wird einst der wurm · der erbe solcher pracht ·
Die last auffressen · geht dein leib so aus?

Dann · seele · leb auf deines knechts verlust
Und lass die müh · mach deine hab nicht schwer . .
Kauf götter-frist für stunden voller dust ·
Speis innen dich und aussen glänz nicht mehr!

So speis am Tod der speist an jedermann . .
Und Tod erst tot: kein sterben gibt es dann.

147

My love is as a fever, longing still
For that which longer nurseth the disease,
Feeding on that which doth preserve the ill,
Th' uncertain sickly appetite to please.

My reason, the physician to my love,
Angry that his prescriptions are not kept,
Hath left me, and I desperate now approve
Desire is death, which physic did except.

Past cure I am, now reason is past care,
And frantic-mad with evermore unrest;
My thoughts and my discourse as madmen's are
At random from the truth vainly express'd;

For I have sworn thee fair, and thought thee bright,
Who art as black as hell, as dark as night.

147

Ich lebe wie ein fiebernder der meist
Das wünscht was seine krankheit unterhält ·
Der was das übel weiterführt verspeist
Und seiner matten kranken lust gefällt.

Vernunft · die ärztin meiner liebe · war
Dem bös der sich nicht an die vorschrift kehrt ·
Verliess mich und mir tollem wird nun klar:
Die gier ist tot die arzenein verwehrt.

Mich heilt nichts mehr · Vernunft hilft ja nicht mehr
Mir wütig-toll mit immer mehr unrast –
Mein wort und plan gleicht dem des narren sehr:
Aufs gradwohl · fern von wahrheit · hohl gefasst.

Ich schwor dich schön und hab dich licht gedacht
Und du bist wüst wie hölle schwarz wie nacht.

148

O me, what eyes hath Love put in my head,
Which have no correspondence with true sight!
Or, if they have, where is my judgment fled,
That censures falsely what they see aright?

If that be fair whereon my false eyes dote,
What means the world to say it is not so?
If it be not, then love doth well denote
Love's eye is not so true as all men's – no,

How can it? O, how can Love's eye be true,
That is so vex'd with watching and with tears?
No marvel then, though I mistake my view;
The sun itself sees not till heaven clears.

O cunning Love! with tears thou keep'st me blind,
Lest eyes well-seeing thy foul faults should find.

148

Weh · hat mir Liebe augen eingesteckt
Die nicht mit wahrer schau zusammengehn?
Wenn nicht · wo hält sich mein verstand verdeckt
Der falsch beurteilt was sie richtig sehn?

Ist schön worauf mein falsches auge ruht ·
Warum lässt spruch der welt es nicht so sein?
Ist es nicht schön · dann zeigt die liebe gut:
Liebe sieht nicht so treu wie jeder · nein ·

Wie auch? wie säh der liebe auge treu
Wenn es so schmerzt von wache und von zähre?
Kein wunder also · wird mein auge scheu!
Selbst sonne sieht nicht bis die luft sich kläre.

O liebes-list · weinend hältst du mich blind ·
Dass mein klarblick nicht feil und schnöd dich find!

149

Canst thou, O cruel! say I love thee not,
When I against myself with thee partake?
Do I not think on thee when I forgot
Am of myself, all tyrant, for thy sake?

Who hateth thee that I do call my friend?
On whom frown'st thou that I do fawn upon?
Nay, if thou lour'st on me, do I not spend
Revenge upon myself with present moan?

What merit do I in myself respect
That is so proud thy service to despise,
When all my best doth worship thy defect,
Commanded by the motion of thine eyes?

But, love, hate on, for now I know thy mind:
Those that can see thou lov'st, and I am blind.

149

O grausame · sagst du · ich lieb dich nicht ·
Wenn ich mich gegen mich für dich verschrieb?
Und denk ich nicht an dich ganz im verzicht
Aufs eigne Ich · ein wütrich dir zu lieb?

Wer ist dein hasser der als freund mir gilt?
Wen schliesst du von dir aus den ich umschleich?
Ja · schielst du auf mich: bin ich nicht gewillt
Zum zorne auf mich selbst und wehruf gleich?

Welch ein verdienst halt ich in mir so wert
Dass allzustolz es deinen dienst verschmäht?
Wenn all mein bestes deinen fehler ehrt
Und folgt wohin dein augenwink mich lädt?

Doch · liebe · hasse nur! Die sehend sind
Die · merk ich nun · liebst du – und ich bin blind.

150

O from what power hast thou this powerful might,
With insufficiency my heart to sway?
To make me give the lie to my true sight,
And swear that brightness doth not grace the day?

Whence hast thou this becoming of things ill,
That in the very refuse of thy deeds
There is such strength and warrantise of skill,
That in my mind thy worst all best exceeds?

Who taught thee how to make me love thee more,
The more I hear and see just cause of hate?
O, though I love what others do abhor,
With others thou shouldst not abhor my state:

If thy unworthiness rais'd love in me,
More worthy I to be belov'd of thee.

150

Von welcher kraft hast du die mächtige kraft
Dass unvollkommenheit mein herz regiert ·
Ich wahres schaun bezeichn als lügenhaft
Und schwöre dass das licht den tag nicht ziert?

Woher nimmst du fürs schlechte wohlgestalt
Dass noch sogar im abhub deiner tat
Soviel gewähr von kunst ist und gewalt ·
Mein geist dein schlimm mehr als jed gut bejaht?

Was ists das mich dich mehr zu lieben zwingt
Je mehr ich grund zum hassen hör und blick'?
Wenn meine lieb auch Andren abscheu bringt
Verabscheu nicht wie andre mein geschick!

Wenn dein unwert die lieb erregt in mir
Bin ich mehr wert geliebt zu sein von dir.

151

Love is too young to know what conscience is;
Yet who knows not conscience is born of love?
Then, gentle cheater, urge not my amiss,
Lest guilty of my faults thy sweet self prove.

For thou betraying me, I do betray
My nobler part to my gross body's treason;
My soul doth tell my body that he may
Triumph in love; flesh stays no farther reason,

But rising at thy name doth point out thee
As his triumphant prize. Proud of this pride,
He is contented thy poor drudge to be,
To stand in thy affairs, fall by thy side.

No want of conscience hold it that I call
Her ›love‹ for whose dear love I rise and fall.

151

Lieb' ist zu jung und kennt gewissen nicht . .
Doch heissts · gewissen ist der liebe kind.
Drum · holde trügerin · geh nicht vor gericht
Wo man dein süss selbst mit mir schuldig find'.

Denn du verrätst mich so wie ich verrate
Mein edler teil an groben leibes trug.
In mir die seele sagt zum leib: im staate
Prange die liebe . . . Fleisch bleibt nicht mehr klug ·

Ja · steigt bei deinem namen auf und zielt
Auf dich siegpreis . . geziert mit dieser zier ·
Freut es sich wenns dein armes lasttier spielt ·
In deiner sache steht und fällt bei dir.

Nennt nicht gewissensleer ihn der lieb hält
Jene um deren lieb' er steigt und fällt!

152

In loving thee thou know'st I am forsworn,
But thou art twice forsworn, to me love swearing;
In act thy bed-vow broke, and new faith torn,
In vowing new hate after new love bearing.

But why of two oaths' breach do I accuse thee,
When I break twenty? I am perjur'd most;
For all my vows are oaths but to misuse thee,
And all my honest faith in thee is lost:

For I have sworn deep oaths of thy deep kindness,
Oaths of thy love, thy truth, thy constancy;
And, to enlighten thee, gave eyes to blindness,
Or made them swear against the thing they see;

For I have sworn thee fair; more perjur'd I,
To swear against the truth so foul a lie!

152

Dass ich · dich liebend · falsch schwur ist dir kund.
Doch du schwurst doppelt falsch · mir liebe schwörend:
Brachst erst dein bett-gelübd · dann frischen bund ·
Gelobtest frischen hass · erst frisch erhörend.

Doch wie an dir zweifachen eidbruch rügen !
Brach ich doch zwanzig · tats an falsch dir vor!
Ich der nur schwüre sprach um dich zu trügen ·
Und treu und glauben ganz in dich verlor.

Denn ich schwur tiefen eid von deiner lindheit ·
Von deiner liebe stäte und vertraun.
Dass du hell seist schlug ich das aug mit blindheit
Und hiess es schwören wider bessres schaun.

Ich schwur dich schön · um so meineidiger nur
Dass wider wahrheit ich so schnöde schwur.

153

Cupid laid by his brand, and fell asleep.
A maid of Dian's this advantage found,
And his love-kindling fire did quickly steep
In a cold valley-fountain of that ground;

Which borrow'd from this holy fire of Love
A dateless lively heat, still to endure,
And grew a seething bath, which yet men prove
Against strange maladies a sovereign cure.

But at my mistress' eye Love's brand new-fired,
The boy for trial needs would touch my breast;
I, sick withal, the help of bath desired,
And thither hied, a sad distemper'd guest,

But found no cure: the bath for my help lies
Where Cupid got new fire – my mistress' eyes.

153

Amor lag neben seinem brand und schlief.
Dianas maid sah diesen vorteil schnell
Und taucht sein lieb-entzündend feuer tief
In dieser gegend kalten wiesenquell.

Der nahm von diesem heiligen liebesbrand
Lebendige hitze · und noch blieb die spur.
Draus ward ein lindernd bad · und darin fand
Der mensch für seltne krankheit höchste kur.

Aus meiner liebsten aug nahm neuen glast
Der knabe der mich nicht erst sengen muss
Zur probe – mich der · damit krank · als gast
Trübselig herkam zum heilsamen guss.

Ich fand kein heil . . das bad das für mich tauge
Ist wo er neues feuer nahm: Ihr auge.

154

The little Love-god lying once asleep
Laid by his side his heart-inflaming brand,
Whilst many nymphs that vow'd chaste life to keep
Came tripping by; but in her maiden hand

The fairest votary took up that fire
Which many legions of true hearts had warm'd;
And so the general of hot desire
Was sleeping by a virgin hand disarm'd.

This brand she quenched in a cool well by,
Which from Love's fire took heat perpetual,
Growing a bath and healthful remedy
For men diseas'd; but I, my mistress' thrall,

Came there for cure, and this by that I prove,
Love's fire heats water, water cools not love.

154

Der kleine liebesgott schlief auf der flur
Und bei ihm lag sein liebentflammender brand.
Ein nymfen-heer das ständige keuschheit schwur
Kam trippelnd her . . und mit der mädchenhand

Ergriff des bundes schönste diese glut
Wovon viel scharen treuer herzen warm . .
So ward der kommandant der brünstigen wut
Im schlaf entwehrt durch einer jungfrau arm.

Sie löscht ihn in dem kühlen quell anbei
Den durch dies feuer ewige hitze traf.
Er ward zum bad und heilsamer arznei
Für kranke . . doch ich meiner herrin sklav

Kam her zur kur · damit erwiesen bliebe:
Liebe heizt wasser – wasser kühlt nicht liebe.